Dreaming

드리밍

기타리스트 정성하의 꿈을 향한 여정

Dreaming
드리밍

정성하 지음

매일경제신문사

안녕하세요, 핑거스타일 기타리스트 정성하입니다.

이 책을 통해서 제가 여러분께 무엇을 전할 수 있을까 하고 많은 고민을 했습니다. 저는 일찍부터 제가 좋아하는 일을 찾았고, 그 후 십수 년이 지난 지금까지 그 일을 하며 지내고 있습니다. 그래서 좋아하는 일을 하면서 살 수 있는 행복에 대해 많은 분들께 알려줘야겠다고 생각을 하게 됐습니다. 많은 사람이 자신이 좋아하는 일이 무엇인지 찾아보지도 못한 채 살아가고 있습니다. 그러면서 행복을 찾으려 발버둥 치고 있지요. 하지만 저는 근본적인 행복은 자신이 무엇을 원하는지, 어떻게 살아가고 싶은지를 찾는 것에서부터 시작한다고 생각합니다. 대부분의 사람은 아직 이 출발선조차 넘지 못하고 있는 것 같습니다. 그나마 저처럼 일찍이 자신이 좋아하는 일을 찾았음에도 불구하고 주변과 부모님의 만류로 중간에 포기해버리는 경우가 다반사죠.

꿈을 찾는 사람들, 우리 아이의 꿈을 찾아주려는 부모님들, 또 행복해지고 싶은 사람들. 그런 사람들을 위해 저의 경험과 생각들을 가볍게 풀어나가고자 합니다. 누군가는 저에게 "네가 그렇게 될 수 있었던 것은 운이 좋았기 때문이야"라고 말합니다. 하지만 저는 저 스스로 기회를 잡았고, 그 과정에서 남들은 알수 없을 만큼 엄청난 노력을 해왔습니다. 아무것도 하지 않고 가만히 있어서는 그 어떤 기회도, 행운도 찾아오지 않습니다. 이책을 읽는 지금 당장이라도 자신이 하고 싶은 일이 무엇인지 생각해보세요. 그리고 꼭 행동으로 옮기세요. 찾는 데 오랜 시간이 걸려도 상관없습니다. 노력하는 사람에게는 반드시 언젠가 기회가 주어질 테니까요.

지금부터 제가 어떻게 꿈을 찾았고 어떻게 노력해왔는지, 이제껏 어디서 말한 적 없던 저의 꿈을 이뤄가는 성장 과정을 공개하겠습니다. 저의 글이 여러분께서 꿈을 찾는 데 도움이 되었으면 좋겠습니다. 모두가 단 한 번뿐인 인생에서 행복한 삶을 살수 있길 바랍니다.

정성하

어머니의 글

성하가 기타리스트로 성장하기까지의 과정과 일상을 담은 책을 쓰고 있다는 소식을 듣고 멋쩍기도 하고 부모로서 감회가 새로웠다. 게다가 부모의 지면까지 할애해 글을 써달라고 하니 더더욱 민망하기까지 하다.

벌써 오래전 얘기이기도 하고 어떤 거창한 계획을 갖고 성하를 키운 것도 아니기에 나의 기억에 시간적인 오류가 있을 것이다. 그래도 성하가 기타를 시작하게 된 계기와 기억 속에 편린처럼 남아있는 일들을 몇 가지 적어보고자 한다.

주변에서는 내가 정성하 엄마이고 성하가 어떤 아이인지 알게 되면 늘 이런 질문들을 한다. "성하가 언제부터 기타를 쳤나요?", "어떻게 기타에 재능이 있는 걸 알았나요?", "정말 기타를 가르친 적 없나요?", "아빠가 기타를 잘 연주하시나 보죠?"…

이 모든 질문에 대한 나의 대답은 늘 한결같다. 성하 아빠가 음악을 사랑하고 기타를 좋아해서 가정에는 늘 음악이 흘렀고, 그 속에서 성하가 자연스레 기타 연주를 접하면서 성장하게 된 게 지금의 정성하를 만든 밑거름이 된 것이라고.

나는 이 대답을 할 때마다 신혼 시절 우리 부부의 모습을 떠오르곤 한다. 기타를 치고 노래 부르는 남편의 모습이 멋져서 결혼을 결심했는데 결혼 후에도 그런 남편의 모습은 일상이 되어버렸다. 남편의 음악에 대한 열정과 사랑은 성하를 낳은 후에도 계속되었고 자연스럽게 성하와 아빠는 하나가 되어갔다. 아빠가 기타를 칠 때면 성하는 꼭 옆에서 눈이 빠지도록 아빠의 손을 쳐다보며 관찰하곤 했다. 그 모습이 귀여워 성하에게 빨간색 장난감 기타를 사주었다. 그랬더니 자기도 장난감 기타를 가지고 옆에 앉아 고사리 같은 손으로 제법 운지를 흉내 내며 기타를 함께 치고는 했다. 그 모습을 사진으로 남겼더니 훗날 지인들은 그것을 보고 떡잎부터 남달랐다며 놀라워한다. 꿈보다 해몽이 좋은 것 같다.

성하가 초등학교 3학년이 될 무렵, 아빠는 자신의 기타를 성하에게 건네주며 음계를 가르쳤고 입문곡으로 영화 〈금지된 장난〉의 테마음악으로 유명한 〈로망스〉를 알려주었다. 어릴 적 다른 아이들보다 체격이 작았던 성하에게 아빠의 기타는 성하의 눈으로 손가락을 보며 기타를 치기에 버거웠다.

그러던 어느 날 도로변에서 장난감 기타보다 약간 큰 기타를 팔고 있는 것이 눈에 띄었다. 나는 '이 기타라도 사다줄까?' 하는 생각에 남편에게 전화했다. 남편은 튜닝이 되는 건지 알아보라고 했다. 판매하시는 아저씨는 다 된다면서 허위과장 광고를 했고 기타의 기능적인 면에 대해 문외한이었던 나는 냉큼 구매했다. 그러고는 기뻐할 아들을 생각하며 그 파란색 기타를 들고 한 달음에 집으로 달려갔다.

성하는 엄마가 기타를 사온다는 아빠의 말에 잔뜩 기대에 부풀어 있었다. 벅찬 마음으로 기타를 받아든 성하는 연주를 하기 위해 튜닝을 해보았고, 곧 튜닝이 되지 않는 엉터리 기타인 것을 알게 되었다. 아무리 튜닝을 해도 제대로 된 음이 나오지 않자 성하는 속상했는지 눈물을 뚝뚝 흘렸다. 성하의 기타에 대한 흥미와 재능을 대수롭지 않게 여겨 빚어진 일이었다.

며칠 후 성하는 집안 어른들에게 받은 세뱃돈으로 마침내 작은 기타 하나를 손에 쥐게 되었고 그때부터 차츰 기타 연주에 흥미를 느끼기 시작했다. 그즈음 남편은 핑거스타일이라는 장르를 알게 되었고 성하에게 소개해주었다.

일본의 기타리스트인 코타로 오시오Kotaro Oshio의 〈Twilight(황혼)〉를 동영상으로 보여주고 타브 악보(기타의 운지법을 나타내는 악보)를 쥐여주며 연습해볼 것을 권했고, 핑거스타일의 매력에 푹 빠지게 된 성하는 정말 짧은 기간에 그 곡을 마스터했다.

그리고 악보와 동영상이 없는 곡은 음원만으로도 편곡하는 능력을 보였다.

핑거스타일 연주를 제대로 가르칠 수 없었던 남편은 가르치는 대신 성하에게 연주할 만한 곡의 영상과 악보를 제공해주고 조언과 피드백을 해주었다.

성하는 학교를 마치고 귀가하면 기타 연주에 매달리곤 했다. 기타 칠 시간을 확보하기 위해 하교 후 해야 하는 영어공부를 새벽에 일어나 등교 전에 끝내놓는 열성까지 보였다. 남편은 성하의 연주 동영상을 본인이 활동했던 네이버 카페인 '핑거스타일 카페'에 올렸다. 그리고 그 카페에서 주관했던 '레일아트(을지로 3가)' 공연에도 매달 참석시켰다. 카페 회원 중 한 분의 권유로 당시는 생소했던 유튜브에 동영상을 올리게 되었고, 그러다가 운 좋게 SBS '스타킹'이라는 프로그램에 출연하면서 성하는 유명세를 타기 시작했다.

방송 출연을 계기로 성하는 더욱더 유튜브를 통해 전 세계인들에게 알려지게 되었다. 그것이 기쁘기도 하고 신기하기도 하여 성하는 더욱더 열심히 노력하며 즐겼던 것 같다. 그리고 많은 분들의 응원 댓글을 보며 보람을 느끼고 힘을 얻었다.

성하는 매주 한 곡을 마스터했고 그것을 영상으로 촬영해 유튜브에 업로드했다. 이를 계기로 어린 나이에 여러 나라로 공연을 다니게 되었고 기타와 함께 정말 바쁜 청소년기를 보냈다.

　늘 한결같은 마음으로 외길을 걸어온 성하가 너무 대견하고 고맙고 자랑스럽다. 그리고 그 길을 함께 걸으며 고민하고 때로는 같이 아파하고 기뻐해준 남편에게 감사함을 전한다.

　잘하는 일을 좋아한다는 것은 크나큰 축복이고 지금도 지치지 않고 그 일을 사랑하며 걸어가고 있는 것 또한 축복일 것이다.

　2006년 9월부터 시작된 성하의 유튜브 채널은 성하와 아빠의 성실함으로 지금까지 이어지고 있고, 구독자 수가 700만 명이 넘었고 1,300개가 넘는 동영상이 업로드되었다.

성하를 키우며 기적 같은 일들을 많이 경험했고 많은 분들의 도움을 받았다. 재능이 있는 아이를 어떻게 키워야 할지 몰라 방황하던 시절에 멘토가 되어주셨던 울리Ulli, 기타를 후원해주셨던 레이크우드, 경제적으로 어려웠던 시절 투어 매니저와 통역 봉사를 자처해주셨던 김상원 님, 홈페이지를 제작해주시고 물심양면으로 도움을 주신 손문수 님, 그리고 어떤 상황에서도 항상 성하의 편이 되어주셨던 팬들께 도저히 혼자서는 걸어올 수 없었던 이 길을 함께 동행해주심에 감사드린다.

그리고 늘 기도로 성하와 함께해주신 사랑하는 양가 어머님과 필요할 때마다 알맞은 은총을 베풀어주신 나의 주님께 감사드린다.

CONTENTS

2장 학생 기타리스트

3장 아티스트로 향하는 길

1장

찾았다! 나의 꿈

아빠!
저 기타 쳐보고 싶어요

11살이 되기 직전의 겨울이었다.

늘 듣던 아빠의 기타 소리가 다른 때와 다르게 나의 호기심을 자극했다. 아빠는 옛날부터 음악을 진정으로 사랑하는 분이었다. 그렇기 때문에 우리 집엔 큰 CD장이 있었고 그 안에는 항상 여러 팝송 앨범들로 빼곡히 채워져 있었다. 아빠의 영향으로 나는 엄마 뱃속에 있었을 때부터 여러 음악을 들으며 자랐고, 내가 어릴 때 아빠는 나와 동생 앞에서 기타를 연주하시곤 했다.

"딩~디리딩~"

어린 나이대의 내가 좋아할 법한 동요들부터 비틀스나 아바 같은 올드 팝송까지 다양한 음악을 들었다. 물론 단순 취미로 연주하신 거라서 현란하고 복잡한 연주까지는 하지 못하셨지만 내가 아는 노래들이 나올 때마다 즐겁게 듣고 따라 불렀던 기억이 난다.

그러다 겨우 만으로 나이 두 자릿수를 막 넘겼을 무렵, 나는 어느 날 문득 그렇게 아빠가 기타를 연주하시는 모습이 멋있어 보였는지 고사리 같은 손으로 내 몸집보다 훨씬 큰 기타를 들고 아빠 흉내를 내기 시작했다. 그 나이에 기타를 처음 잡고서 뭘 얼마나 연주할 수 있겠냐만 그저 아빠의 모습을 흉내 내며 '띵가띵가' 기타 치는 게 재밌었던 것 같다. 손가락이 얼마나 아팠는지는 기억이 나지 않았을 정도로.

"저러다 금방 포기하겠지, 뭐."

내가 처음 기타에 호기심을 보일 때 아빠는 이런 생각을 하셨다고 한다.

실제로 기타는 진입장벽이 높은 악기다. 그 이유는 쇠줄을 맨 손가락으로 운지하며 튕기는 것이 굳은살이 박이기 전까진 상당히 아프고, 그 굳은살이 생기기까지도 꽤 많은 연습과 시간이 필요하기 때문이다. 더군다나 무엇이든 싫증내기 쉬운 열 살짜리 꼬마가 그런 악기를 배워본다 하니 어느 부모라도 아빠와 같은 생각을 하지 않았을까 싶다.

어릴 적의 나는 다른 아이들과 다르지 않았다. 남들과 똑같이 또래 친구들과 뛰어놀기 좋아하고 게임을 즐기던 아이였다. 기타라는 악기를 접하기 전까진 음악에 큰 관심이 없었다. 대부분의 아이들이 그렇듯이 학교를 다녀오면 공부와 숙제를 하고 남는 시간에 친구들과 놀기 바빴다. 그 당시 초등학생들은 실내보단 실외 활동이 많았기 때문에 나 또한 집에 있는 것보다 밖에 나가서 놀기를 좋아했다. 그래서인지 실내에서 할 수 있는 것들에 대해선 별 관심이 없었고 오히려 축구나 농구 같은 스포츠에 더 재미를 느꼈었다.

그런 환경 속에서도 내가 처음 배웠던 악기가 있었다. 그것은 기타가 아닌 피아노였다. 그때 그 시절 피아노는 모든 아이들이 한 번씩은 접하고 배우던 악기였다. 또 성악을 전공하셨던 큰어머니께서 마침 피아노 레슨을 하셨기 때문에 아래층에 사시던 큰어머니 댁에 가서 피아노 레슨을 받곤 했다. 하지만 나는 피아노에는 큰 흥미를 느끼지 못했다. 연습 횟수를 허투루 채워가며 그저 피아노는 그만 치고 밖에 나가고 싶다는 생각만 했었다. 그렇기 때문에 아빠는 내가 그렇게 음악에 푹 빠질 것이라고는 생각을 전혀 못 하셨던 것이다.

그런데 정말 신기하게도 나는 기타라는 악기에 푹 빠져들게 됐다. 지금 생각해봐도 왜 그랬는지, 기타의 어떤 부분에 매력을 느꼈는지는 잘 모르겠다. 이 세상에 운명이라는 게 있다면 나

나의 첫 기타(CORT사의 EARTH900 모델)

는 기타와 '운명적인 만남'을 한 셈이다. 물론 첫 만남부터 '나는 기타리스트가 될 거야!'라고 생각한 것은 아니었다. 흥미를 갖고 꾸준하게 무언가를 했다는 것 자체에 나는 운명적인 만남을 했다는 생각이 든다. 작은 손 때문에 제대로 된 코드도 잡지 못하고 물집이 잡혀 쓰라린 고통을 느꼈을 때에도 난 기타를 놓을 줄 몰랐다. 갈수록 하루 종일 기타만 잡는 날들이 많아졌다. 그러다 보니 잘 연주하지 못하던 곡을 조금씩 흉내 낼 수 있게 됐다. 십년 인생에서 한 번도 겪어보지 못한 성취감을 맛본 순간이었다! 매일 하교 후 학교 숙제를 끝내고 난 뒤 남는 시간에 친구들과 노는 대신 기타를 연습하기 시작했고, 나는 그렇게 기타리스트로서 인생의 첫 발걸음을 떼게 됐다.

핑거스타일
그리고 코타로 오시오

Kotaro Oshio의 〈Twilight〉 커버

내가 맨 처음에 아빠한테 배웠던 건 연주곡이 아닌 동요의 반주법이었다. 보통 기타 반주할 때 C, D, Em 등의 코드를 잡는데 이런 아주 기초적인 기타 코드들을 스트로크로 치며 노래를 부르는 식으로 연주를 하기 시작했다.

"엄마가 섬 그늘에~ 굴 따러 가면~"

〈섬집 아기〉를 어설프게 코드 잡아가며 노래 부르던 내가 기타 반주에 점점 익숙해져 갈 때쯤 아빠가 '핑거스타일'이라는 주법을 소개해주셨다. 그 주법으로 연주할 수 있는 곡들 중에 대표적으로 많은 사람이 입문곡으로 연주한다는 〈로망스〉라는 곡도 있었다. 본래 클래식 기타 곡인데 기타 한 대로 연주할 수 있는 곡이라는 점에서 핑거스타일로, 혹은 기타에 입문하는 사람들이 많이 연주하는 곡이다. 곡 중간에 나오는 바레코드만 제외하면 전반적으로 노트 하나만 운지하고 연주하면 되는 무척 쉬운 곡이다. 〈로망스〉로 처음 발걸음을 뗀 나는 핑거스타일이라는 장르에 관심을 가지기 시작했다. 그 후 내가 처음 들어본 핑거스타일 연주곡은 일본 기타리스트 코타로 오시오의 〈Twilight(황혼)〉라는 곡이었다. 그때 내가 느낀 감정은 충격 그 자체였다. 보컬이 들어가 있지 않은 순수 기타 연주곡인 데다가 굉장히 성숙한 분위기를 가진 곡인데, 그럼에도 그 아름다운 멜로디와 오묘한 느낌에 매료될 수밖에 없었다. 무엇보다 그런 곡을 너무나도 멋있게 연주하던 코타로 오시오의 모습은 열 살짜리 초등학생의 영혼을 흔들어놓았다. 그리고 그것은 나로 하여금 기타라는 악기에 빠지는 계기를 만들어주었다.

그것은 아빠도 마찬가지였다. 그 이후로 아빠는 〈황혼〉을 발견한 '핑거스타일 카페'라는 국내 인터넷 커뮤니티에 가입하셨고 그곳에서 많은 정보를 얻어 나에게 알려주셨다. 그곳에서 우리가 모르던 수많은 명곡들을 접할 수 있었고 보고 연습할 수 있는 악보들도 얻을 수 있었다. 그렇게 얻은 정보들로 나는 첫 핑거스타일 곡인 〈황혼〉을 연습하기 시작했다.

'이걸 어디서부터 어떻게 시작해야 하지…?'

사실 진정한 첫 시작은 악보를 보는 법부터 배우는 것이었다. 대부분의 반주 악보들은 기타 코드들만 기재되어 있고 리듬에 맞춰 스트로크나 아르페지오를 하면 되었지만 핑거스타일은 완전히 달랐다. 여기서 잠깐 설명하자면 핑거스타일이란 밴드 구성을 기타 한 대로 표현하는 주법이라고 생각하면 된다. 보컬의 멜로디, 기타와 피아노의 화음과 반주, 베이스 기타로 연주되는 베이스음들과 드럼으로 채워지는 비트까지 모두 기타 한 대로 한꺼번에 연주하는 주법이다. 그래서 '타브 악보'라고 하는 기타 전용 악보를 읽을 줄 알아야 했고 연주에 있어서도 단순히 반주하는 것보다 훨씬 어렵고 복잡했다. 또 커뮤니티에 공유되어 있는 악보들도 완벽하게 채보되어 있진 않았기에 악보대로 연주하더라도 원곡과 다른 음이 나는 경우가 많았다.

그때부터 나는 악보만 보기보단 영상과 음악을 들으며 따라 치는 방법으로 연습하기 시작했다. 정말 〈황혼〉을 완곡할 수 있기까지 수많은 라이브 영상들과 편곡 영상들을 찾아보았다. 원곡 그대로를 똑같이 연주하고 싶은 욕심이 컸었기에 그 한 곡을 완곡하는 데에도 많은 시간을 들일 수밖에 없었다. 이것이 습관이 되어 후에 내가 연주했던 다른 곡들을 연습하는 데 큰 도움이 되었던 것 같다. 그렇게 연습한 끝에 겨우겨우 황혼을 완곡할 수 있게 되었고 그 모습을 신기하게 보시던 아빠는 영상을 녹화해서 핑거스타일 커뮤니티에 올리셨다. 지금 보면 실수투성이에 화질도 음질도 조악한 정말 엉망 중의 엉망인 연주 영상이지만 나의 진정한 인생의 시작이었다는 것에 정말 큰 의미를 두고 싶다. 그때가 2005년 12월이었고 내 연주가 세상에 공개된 첫 게시물이었다.

반응은 좋았다. 고사리 같은 손으로 기타를 튕기는 모습이 어른들의 눈에는 그저 신기하게 보였나 보다. 기타를 그만두겠다고 장난스레 댓글을 다는 분들도 계셨고, 이런저런 부분이 부족해 보이니 그 부분을 다시 연습해보면 좋겠다고 지적해주시는 분들도 계셨다. 그 당시 나는 사람들의 반응에는 크게 관심을 두지 않았다. 영상을 촬영하고 인터넷에 업로드하는 것은 아빠가 맡아서 해주셨다. 나는 그저 다른 새로운 곡들을 많이 연주하고 싶은 마음뿐이었다. 그래서 업로드할 수 있을 정도의 수준이 될 때까지 한 곡 한 곡을 열심히 연습했다. 그런 내 모습을 본 아빠는 어쩌면 나보다 더 좋아하셨지 않았을까 생각이 든다. 아빠는 내게 여러 가지 곡들을 계속 추천해주셨고 나는 난생처음 듣는 올드 팝송들을 한두 곡씩 익혀나갔다. 하지만 나는 생소한 곡들보다는 오로지 코타로 오시오의 곡들을 연주하고 싶어 했다. 코타로의 음악은 서정적인 멜로디 라인이 뚜렷하고 화려한 주법으로 연주할 수 있는 곡들이 많았는데, 한마디로 '연주하는 맛'이 나는 그런 곡들이었던 것이다. 하지만 아빠는 코타로의 곡을 연주하지 못하게 하셨다. 한 가지 스타일에만 몰두하게 될까 봐 염려가 되셨던 것이었다. 이제 와서 생각해보면 그것은 분명 내게 도움이 되었다. 비록 그때는 내가 원하는 곡을 연주하지 못한다는 것이 못내 아쉬웠지만, 기타를 치는 것 자체가 너무나도 즐거웠던 나는 일단 포기하지 않고 열심히 연습했다.

내가 그렇게 기타를 좋아하고, 학교 끝나고 집에 오면 바로 기타부터 치는 모습을 보신 아빠는 정말 많은 고민을 하셨다고 한다. 당시에 아빠가 핑거스타일 커뮤니티에 올리신 글만 봐도 알 수 있는데, 그 전문은 이렇다.

"제 아이에 대해 진지한 의견을 구합니다.

다름이 아니고 여기에서 활동하고 있는 저의 아들 블루씨 정성하 군에 관해서입니다.
이제까지 기타만큼 흥미와 열정을 가진 게 없었는데요, 처음에는 그냥 손가락이 아프면 흐지부지 포기하겠지 했는데 이건 장난이 아닌 것 같습니다. 제 생각으론 공부도 열심히 하면서 기회가 되면 취미로 음악생활도 했으면 싶었고 또 독학으로도 할 놈은 하겠지 생각했었는데요…

너무 열심히 하는 모습을 보니 어떻게 되든 체계적인 교육이 필요할 것도 같습니다.

아니면 나중에 후회할 일이 생길지도 모르는 일이잖아요.

제가 가르칠 실력은 안 되고 그렇다고 그냥 악보만 보고 퉁퉁 거리는 것도 아닌 것 같고 솔직히 어떻게 해야 할지 판단이 잘 안 섭니다.

서울이라면 FGA(핑거스타일 학원)라도 보냈으면 좋겠는데 지방이라 그것도 안 되고 참…

어떤 의견도 좋으니 진지하게 답변해주셨으면 고맙겠습니다.

제 아들이 이곳에서 기타에 빠지게 되었으니 이곳에 질문을 드리는 것이 좋을 듯싶어서요~"

십수 년이 지난 지금에 그 글을 읽어보면 이렇게 고민하셨던 아빠의 마음을 조금은 이해할 수 있을 것 같다. 이때는 음악을 하는 것 자체를 부정적으로 생각하는 사회적 시선도 있었고, 그렇기 때문에 기타리스트라는 게 아무래도 미래가 보장된 직업은 아니었기에 아빠는 여러 가지 현실적인 고민을 하셨을 것이다. 하지만 아빠는 자식이 좋아하는 일이 생겼고 그 일을 쭉 하는 것이 중요하다는 것을 알고 계셨다. 왜냐하면 그것이 다름 아닌 자식의 행복을 위한 것이니까. 그래서 많은 기타 마니아들에게 진지한 조언을 얻고자 아빠는 커뮤니티에 이런 글을 쓰신 것이다. 그리고 감사하게도 많은 분들이 진심 어린 조언들을 해주셨다. 그중에는 연주자로 먹고사는 것은 너무나도 힘든 일이니 공부를 시키라고 하시는 분도 계셨다. 누구는 클래식 기타 교습소에 보내 천천히 기본기부터 가르쳐본 후에 생각해보는 것은 어떻겠냐는 의견을 주시도 했다. 하지만 대다수의 회원분들은 좋아하는 일을 하고 사는 것이 인생에서 제일 중요하다는 것을 알고 계셨다. 그 때문에 그런 내용의 댓글들을 가장 많이 남겨주셨다. 그중 가장 기억에 남는 댓글이 있었는데 내용은 대략 이렇다.

"적당히 공부해봤자 그냥 변변치 않은 직장만 다닐 뿐이고, 적당히 기타 쳐봤자 밥 벌어 먹고살기 힘들다는 게 일반적인 견해인데… 지금부터 시키면 연주자로서 성장할 수 있지만 어영부영 공부하며 취미로 하다가 20살 넘어서 해볼까? 하면 이미 늦어버립니다. 클래식을 하든 미술을 하든 운동을 하든 얼마나 빨리 시작하고 얼마나 집중하느냐가 관건입니다. 물론 아이에겐 수많은 가능성이 있을지 모르지만, 대부분의 사람들은 그 가능성들이 거의 사라지고 그냥 직장 다니면서 이리저리 살아가고 있죠. 더 큰 문제는 이 시대의 젊은이들은 하고 싶은 것이 없거나 꿈이 없다는 것입니다. 그저 돈 많이 버는 직장에 들어가겠다는 막연한 계획으로 자신이 가는 대학이 정확히 무엇을 가르치고 진로가 어떻게 되는지도 모르고 그냥 가고 있죠.

재능이 있다면 그냥 파는 겁니다. 어차피 그거 안 하고 다른 거 한다 한들 아이가 좋아서 하는 것보다는 못 하지 않을까요?"

지금도 많은 사람이 자신이 정말로 하고 싶은 일을 찾지 못한 채 그저 대학에 가고 취업해서 직장인으로 살아가고 있다. 하지만 가슴속으로는 그 누구보다 하고 싶은 일을 하며 살고 싶어 하고, 그 하고 싶은 일을 찾고 싶어 한다. 적어도 나는 그런 재미없는 일상을 보내고 싶지 않았다.

나는 하고 싶은 일을 찾고 시작하는 것에 나이는 첫 번째 순위가 아니라고 생각한다. 실제로 내 주변에도 대기업에 취직해서 회사생활을 하다가 어렸을 적 꿈꾸었던 음악을 포기하지 못해 회사에 사표 내고 학원을 다니는 분이 있다. 지금 그분은 직장 다니던 때보다 돈을 많이 벌진 못하지만 그때보다 행복하다고 한다. 이처럼 좋아하는 일을 하며 가슴 뛰는 삶을 사는 것보다 중요한 게 또 있을까? 커뮤니티에 올라온 댓글들은 이런 지금의 내 생각과 가치관을 관통하는 글들이 대부분이었다. 어렸을 때야 나는 아빠가 그런 글을 올리셨는지도 몰랐거니와 댓글이 무슨 내용인지도 온전히 이해하지 못했다.

수많은 댓글들을 읽어보신 아빠는 나를 클래식 교습소에 다니게 하는 것으로 결론을 내리셨다. 어떤 것이든 기본기가 제일 중요하다. 그런 기본기를 제대로 익힐 수 있는 것은 클래식 기타를 배우는 것이었고, 마침 내가 살던 청주에 클래식 기타 교습소가 있어서 그때부터 학원에 들어가 클래식 기타를 배우기 시작했다. 선생님의 지도하에 핑거스타일 곡들을 연주하는 것은 잠시 중단한 채로 말이다.

Stanley Myers의 〈Cavatina〉 커버

학교 수업이 마치면 늘 선생님이 학교 앞에까지 나를 데리러 오셨고, 그렇게 나는 매일 학원에 다니면서 클래식 기타를 연습했다.

"성하야, 앞으로 당분간 핑거스타일 곡은 치지 말고 기본기가 쌓일 때까지는 클래식 기타에 열중하자."

선생님의 말씀에 3개월간은 핑거스타일 곡을 연습하지 않았다. 화려한 기교가 많이 섞인 장르이다 보니 클래식 기타 선생님은 이것을 부정적으로 보셨고 클래식 기타가 워낙 핑거스타일과는 성격이 다른 장르라 연습에 방해가 될까 봐 금지하셨던 것이었다. 클래식 기타의 악보는 핑거스타일 악보와는 다르다. 핑거스타일로 연주할 때 보는 악보는 '타브 악보'로 몇 번 줄의 몇 번 프렛을 잡으면 되는지 비교적 직관적으로 표기되어 있다. 반면 클래식 기타 악보는 피아노 악보처럼 오선지에 표기되고 계이름을 따져가며 그것을 기타 지판에 적용해 나만의 운지를 찾아서 연주해야 한다. 그렇기 때문에 새로운 곡을 익히는 데 보다 많은 시간이 필요했고 진도가 더디다 보니 나는 갈수록 지쳐갔다. 하루에 한두 시간씩 같은 곳에 앉아서 악보를 보는 법을 익혔고 한 곡만도 굉장히 오랜 시간 연습했다. 학원을 다니면서 알게 됐지만 대부분의 클래식 연주자들은 곡 하나에 쏟는 시간과 노력이 엄청나다고 한다. 그래도 나는 다른 학원생들보다 기타를 빨리 시작했고 또 습득력이 빨라서인지 곡들을 빠르게 익혀갔다. 그래서 선생님께서도 내게 많은 관심을 보이셨다. 그런데 어쩔 땐 오히려 나에게 칭찬이 아닌 지적을 많이 하시기도 해서 칭찬을 많이 듣는 옆 친구를 부러워하곤 했다. 어느 날은 속상한 마음에 이런 부분을 아빠께 말씀드렸더니, 아빠는 선생님과 대화해보시고 나에게 "네가 다른 아이들보다 잘해서 일부러 더 열심히 하라고 그러신 거다"라고 하셨다. 당시엔 굉장히 속상해서 학원에 나가기가 싫었지만, 어쩌면 선생님께서는 오히려 나에게 기타에 대한 열정을 보셨던 것일지도 모른다. 그렇게 하루하루 연습을 거쳐 클래식 기타 곡들을 잘 연주할 수 있게 되었을 때 콩쿠르라는 클래식 기타 대회까지 나가게 되었다.

콩쿠르는 그날에 예선과 본선이 같이 치러졌다. 예선 곡이 정해져 있었고 본선 곡은 자유곡이었는데, 긴장한 탓인지 곡을 원래 템포보다 빠르게 연주해서 심사위원들에게 혹평을 들었다.

"번갯불에 콩 볶아 먹는 줄 알았다. 야~"

예선이 끝난 후 선생님께서 하신 말씀이었다. 이 때문에 예선부터 탈락하는 것이 아닌가 싶었지만 다행히도 본선에 진출하게 되었다. 본선에서의 연주는 어떻게 했는지 잘 기억나지 않는다. 아마 많이 떨었던 것 같다. 그렇게 해서 결과적으로는 은상을 받게 되었고 개인적으로는 만족할 만한 상은 아니었다. 하지만 그곳엔 클래식 기타를 오랫동안 쳐오고 나보다 연주를 잘하는 아이들이 많았기에 그때의 내 실력으로는 당연한 결과였다. 그 이후로 몇 달간 더 학원에 다니면서 클래식 기타를 배웠지만 그 지루함을 버티지 못했고 내가 원하는 방향성은 이게 아니라는 생각이 들어 결국 그만두게 되었다. 아무리 기본기가 중요하다 한들 초등학생 나이대인 나에게는 당장 내가 좋아하는 곡을 연주하지 못한다면 기타를 치는 게 의미가 없었다. 그래서 나는 다시 핑거스타일에 매진하게 되었다.

하지만 신기하게도 이런 지루했던 클래식 기타 교습이 나에게 긍정적인 변화를 가져다주었다. 어떤 식으로 기타 줄을 퉁겨야 하는지 아무에게도 배우지 못해 잘 알지 못했던 나는 클래식 기타를 배움으로써 기초적인 기본기를 탄탄하게 다질 수 있었다. 나는 이때 아무리 내가 좋아하는 일이더라도 그 일을 하며 살기 위해서는 내가 싫은 것들도 버텨내고 거쳐야 한다는 것을 처음으로 깨달았다. 이건 다른 어느 분야도 마찬가지일 것이다. 살다 보면 내가 좋아하는 것을 하기 위해서 넘어야 하는 산이 있기 마련인데, 이 고비를 잘 넘기는 것이 매우 중요하다고 생각한다. 슬럼프가 올 수도 있고, 이처럼 이론적인 것을 공부하다가 흥미를 잃어 그 일이 더 이상 좋다고 느끼지 않을 수도 있다. 이때는 흥미를 잃지 않게끔 밸런스를 잘 맞춰가며 다가오는 고비들을 잘 넘기는 게 중요하다.

남들이 나에게 슬럼프가 있었냐고 물어보면 난 없었다고 항상 이야기한다. 나도 기타를 연주하기 싫은 날이 있을 때가 있다. 그런 날은 그냥 기타를 놓아버린다. 그런 상태가 지속되면 하루고 이틀이고 기타를 건드리지 않는다. 그러다 보면 다시 기타를 잡고 싶어질 때가 온다. 그럼 그때 다시 기타를 연주하면 금방 또 즐거워진다. 언제나 꼭 붙잡고 있을 필요 없이 힘들 때는 놓을 줄 알아야 한다. 내가 아무리 좋아하는 일이라도 그것이 업이 되면 결국 언젠가 스트레스가 되고 힘든 순간이 찾아오기 마련이다. 그럴 때면 무작정 버틸 것이 아니라 잘 흘려내고 넘기는 것이 중요하다.

아빠 손잡고
서울로

그 이후로도 핑거스타일 카페에서 활동하면서 '레일아트'라는 공연도 다니게 되었다. 레일아트는 핑거스타일 카페에서 주기적으로 열렸던 지하철 공연이다. 을지로에서 열렸는데 매번 신청을 받아 연주자를 선정하여 공연을 하고 친목을 다지는 하나의 작은 이벤트였다. 청주에 살던 나는 아빠 손을 잡으며 고속버스를 타고 서울로 왔고, 동호회 형과 누나들과 함께 공연을 했다. 공연이 끝나면 밤늦게 심야버스를 타고 다시 청주로 내려갔다.

"아이고, 우리 귀염둥이 성하 왔어?"

동호회의 연령대는 대부분 이삼십 대였다. 그래서 사람들은 어린 나이에 핑거스타일 기타를 치는 나를 늘 신기하게 보셨고 또 많이 예뻐해주셨다. 항상 내 소개가 나올 때면 크게 환호를 해주셨고 우리 공연을 지나치던 많은 사람도 잠시 멈춰서 구경하고 가시곤 했다.

나는 내가 관심받는 걸 좋아하는 성격이라고 생각한다. 그리고 그것이 어렸을 때부터 드러났던 것 같다. 공연을 하는데 잘 떨지도 않았고 더 많은 사람이 내 연주를 봐줬으면 하는 마음이 항상 있었다. 연주를 끝내고 들려오는 박수소리에 희열감을 느끼기도 했다. 그래서 나는 항상 레일아트 공연을 하러 가는 날만 기다렸다. 더욱이 그곳에서 좋은 분들을 많이 만날 수 있었는데 내가 기타리스트로서 잘 성장할 수 있도록 많은 도움을 받았다. 곡에 대한 가르침뿐만 아니라 어떤 곡들이 나에게 도움이 되는지 조언을 받기도 했다. 그렇게 많은 분들과 친분을 쌓으면서 진심 어린 조언과 응원을 받은 덕분에 나도 더 열심히 할 수 있었다. 무엇보다 레일아트 공연을 통해 어린 나이에는 경험하기 힘든 무대 경험을 했던 것이 지금의 나를 만드는 데 중요한 밑거름이 되었다. 다음 공연 때는 또 다른 곡들을 연주해봐야지 하는 마음에 새로운 곡을 익히는 것도 절대 게을리하지 않았다. 열심히 연습해서 다른 사람 앞에서 연주했을 때의 감동은 이루 말할 수 없었다. 어쩌면 나는 기타 연주 자체를 좋아하기도 하지만 그렇게 사람들 앞에서 연주하는 것을 좋아했기 때문에 기타리스트가 되고자 했던 것일지도 모른다.

　　그러던 중 핑거스타일 대회가 국내에서 개최된다는 소식을
접했다. 아빠와 나는 경험 삼아서 참가하기로 결정했고 참가 곡
을 정한 뒤 열심히 준비했다. 그때 준비한 곡은 코타로 오시오의
〈Friend〉라는 곡인데 비교적 연주하기 쉬운 곡이었고 친숙하고
서정적인 멜로디가 좋아서 선곡했던 것으로 기억한다. 이윽고
공연 날이 찾아왔고, 나는 파란 재킷을 입고 남색 모자를 푹 눌
러쓴 채 아빠와 함께 서울로 향했다. 그곳에는 역시나 수많은 홀

룽한 연주자들이 모여 있었다. 사람들은 무대 옆 긴 통로에 놓인 의자에 앉아 저마다 준비 곡들을 연습하고 있었다. 나도 그들 사이에 껴서 〈Friend〉를 연습했다. 핑거스타일 대회이다 보니 낯익은 동호회분들도 눈에 띄었다. 아는 얼굴들이 보여서인지 처음 참여하는 대회였음에도 조금은 마음 편하게 준비할 수 있었다.

내 차례가 되었고, 나는 무대에 올랐다. 여러 경쟁자들과 심사위원들이 나를 지켜보았고 나는 그들 앞에서 기타를 연주하기 시작했다. 연주는 중반까지 침착하게 진행됐다. 그런데, 처음 오른 대회 무대라 긴장한 탓일까. 곡의 마지막 부분에 나오는 리프riff에서 큰 실수를 하고 말았다.

"곡의 처음과 마지막만 잘 쳐도 반은 성공인데 마지막에 틀려서 어쩌냐~"

무대에서 내려오자마자 아빠가 하신 말씀이었다. 개인적으로도 많이 아쉬운 무대였다. 하지만 다행히 입상은 할 수 있었다. 내가 받은 상은 '인기상'으로 사실상 연주를 잘해서 상을 받았다기보다는 어린 나이에 연주를 하고 대회에 참가했다는 것에 가산점을 줘서 받은 상이었던 것 같다. 그때 많은 사람이 나의 인기상 수상을 예상했고 나도 그 말에 들떠서 내 이름이 거론되기도 전에 무대 뒤에서 나갈 준비부터 했다. 내 이름이 불리자 나는 무대로 상을 받으러 올라갔고, 그렇게 나의 첫 핑거스타일

핑거스타일 대회

대회 참가는 나름 성공적으로 마치게 되었다.

　나는 이렇게 어릴 때부터 공연을 하고 대회에 나갔던 경험들
이 나에게 모두 뼈와 살이 되었다고 생각한다. 전 세계에는 수많
은 기타리스트들이 있지만 그중에는 집에서 혼자 기타 치는 것
만을 즐겨 하는 사람들도 적지 않고 다른 사람들 앞에서 연주할
때면 본연의 실력을 뽐내지 못하는 사람들도 많다. 결국 프로 기
타리스트로서 활동하려면 공연장에서 많은 사람 앞에서 연주를
할 수 있어야 하고 또 다른 연주자들과의 교류도 많이 해야 한
다. 그러려면 '경험'을 쌓는 것이 우선적으로 중요하다. 서로 경
쟁하다가 나이가 들면 전성기가 지나버리는 스포츠와는 다르게

음악은 본인의 의지만 있다면 평생 할 수 있는 분야이다. 오히려 나이를 먹을수록 연륜이 더해져 음악의 깊이가 생긴다고 한다. 이처럼 어렸을 때부터 쌓아놓은 경험들이 나의 밑거름이 되었고 그것들을 가지고 성장해나가고 있는 것이 지금의 나다. 그리고 10년, 20년 후의 나는 지금의 나를 밑거름 삼아 연륜이 더해져 더 깊은 음악을 할 수 있을 것이라 생각한다. 물론 그때까지 무수한 노력이 필요하겠지만.

UCC와 유튜브 채널의
시작

　　핑거스타일 카페의 회원 한 분이 아빠가 올리신 나의 연주 게시물에 이런 댓글을 남기셨다.

　　"유튜브에 한번 올려보시죠. 엄청 유명해질지도 몰라요!"

　　그 당시는 유튜브 사이트가 생겨난 지 이제 막 1년 정도 지난 때였다. 아빠는 본인 명의로 계정과 채널을 만들어 영상을 올리기 시작하셨다. 그 첫 영상이 코타로 오시오의 〈Splash〉라는 곡이었다. 당시의 반응을 나는 잘 알지 못하지만 초등학생으로 보이는 어린 남자아이가 자기 몸집만한 기타를 들고 둥가둥가 화려한 곡을 연주하는 모습이 사람들에게 신기하게 보였나 보다. 영상을 올릴 때마다 조회수가 지속적으로 올랐고 자연스럽게 나는

유튜브에 올린 첫 영상 스크린샷

유명세를 타게 되었다. 그 반응들을 보던 아빠는 내게 더 많은 곡들을 소개해주셨고 나도 새로운 곡들을 더 연주하고 싶은 마음에 기타 연습에 매진했다. 그렇게 영상들은 거의 2~3일에 한번 주기로 유튜브에 올라가게 되었다.

유튜브에 올린 첫 영상. Kotaro Oshio의 〈Splash〉 커버

나는 내 성공의 비결을 '꾸준함'이라고 이야기하고 싶다. 많은 사람이 나에게 '천재'라는 수식어를 붙이고 '재능'의 비중을

굉장히 높게 말하지만 사실은 그렇지 않다. '천재'는 정말 드물다고 생각한다. 지금이야 각 분야의 재능 있는 사람들을 모두 천재라고 부르고 있지만, 천재라는 단어가 너무 쉽게 쓰이는 것이 아닌가 한다. 나는 천재가 아니다. 현재 어린 나이의 많은 아이들이 기타를 연주하고 영상을 올리는데, 그 아이들만 봐도 나는 내가 천재라고 생각하지 않는다. 어렸을 때의 나보다 훨씬 잘 연주하는 친구들이 많기 때문이다.

다만 나는 몇 가지 재능을 가지고 있다. 첫 번째는 습득력이다. 기본적으로 나는 습득력과 암보하는 능력이 좋은 편이다. 새로 접하는 음악을 쉽게 이해하고 받아들인다. 악보를 봤을 때 남들은 몇 주에 걸쳐 외우는 곡을 한 시간이면 외우곤 한다. 두 번째는 꾸준함이다. 이게 무슨 재능이냐고 생각할 수 있겠지만 어느 한 가지를 포기하지 않고 10년이 넘는 시간 동안 꾸준히 할 수 있다는 것 자체가 재능이라고 볼 수 있지 않을까? 나는 학창시절에도 학업을 병행하면서 기타 연습을 게을리하지 않았다. 그로 인해 천 개가 훌쩍 넘는 곡들을 익힐 수 있었다. 나의 유튜브 채널도 그런 나의 노력 덕분에 성장할 수 있었다. 또 2018년까지 정규앨범을 매년 발매해왔는데, 이는 다른 뮤지션들에게서도 찾아보기 힘든 케이스다. 나는 꾸준히 창작을 해오면서 그것을 앨범이라는 작품으로 발매해왔다. 내가 나에게 가장 자랑스럽게 여기는 점은 바로 이런 부분이다. 현재의 나를 보고 많은 사람이 나의 과정들이 어땠는지는 궁금해하지 않는다. 하지만 나의 모든 것들은 이 과정에 담겨 있다. 꾸준함, 포기하지 않는 의지. 그리고 기타를 사랑하는 마음.

방송 출연
그리고 토마스 립과의 만남

나는 코타로 오시오의 곡들을 비롯해 그 당시 핑거스타일 동호회에서 유행하고 많이 연주되는 곡들을 위주로 연습했었다. 그 곡들 중 내가 처음 듣고 반했던 곡이 있었는데 바로 토마스 립Thomas Leeb이란 기타리스트의 〈Akaskero〉라는 곡이었다. 이 곡은 핀란드의 한 관광지와 이름이 같은데 그가 그곳의 멋진 경치를 보고 만든 곡이라고 한다. 이 곡은 아름다운 멜로디와 하모닉스 harmonics 기술이 조화롭게 쓰인 곡으로, 듣고만 있어도 가본 적 없는 아카스케로의 경치가 보이는 것 같은 느낌을 준다.

이번에도 나는 그 곡을 편곡해서 유튜브에 업로드했다. 영상을 업로드한 지 한 달이 지날 무렵, 토마스 립이 워크숍 겸 내한 공연을 하기 위해 한국을 방문했다. 곧장 워크숍을 주관하던 기타 브랜드사에서 내게 연락을 했고, 나와 토마스 립의 만남을 연결시켜 주었다. 덕분에 나는 토마스 앞에서 직접 연주할 수 있는 기회를 얻게 되었다. 그렇게 아빠와 함께 상경해 만나게 된 토마스 립. 그는 나의 〈Akaskero〉 편곡 영상을 보고 깊은 감명을 받았다면서 내 나이 또래의 어린아이가 그렇게 연주하는 것을 한 번도 본 적이 없다고 했다. 이 이야기는 방송에도 그대로 담겨 지금도 영상을 통해 볼 수 있다. 그 당시의 나는 숫기 없는 어린 초등학생이라 영어는커녕 남들 앞에서 한마디 하기도 힘든 소심한 아이였다. 그렇기에 토마스와 이야기는 거의 하지 못했었지만 속으로는 정말 가슴이 벅차올랐고 마냥 신기하기만 했었다. 다만 공연 무대에서 함께 연주를 했던 것은 아니고 내가 홀로 〈Akaskero〉를 연주하는 것을 토마스가 바로 옆에서 봐주었다. 그 자리엔 많은 사람이 앞에 있었고 특히나 원곡자가 지켜보는 앞이었지만 나는 크게 떨지 않고 잘 연주할 수 있었다. 무사히 공연이 끝났고, 나는 토마스에게 사인을 받기 위해 그의 앞으로 기타를 들고 갔다.

"헤이 친구! 친구끼리는 사인 같은 거 해주는 거 아니야!"

토마스가 처음 보인 반응이었다. 아마 그는 나를 한 명의 팬으로 생각하는 것이 아닌 이미 함께 음악을 하는 '동료'로 생각해주었던 것 같다. 하지만 아쉬워하는 내 모습을 보고서는 결국

토마스 립과 함께

사인을 해주었다. 토마스의 사인이 큼지막하게 새겨진 기타는
나의 어렸을 때 유튜브 영상에서 꽤 많이 찾아볼 수 있다. 그렇
게 토마스 립과의 만남은 성공적으로 끝났다. 여담으로 토마스

를 만난 후에 그 여운이 쉽게 가시지 않아 그 마음을 표현한 곡
을 작곡한 적이 있다. 곡 이름은 〈Missing you〉로, 발라드풍의 곡
인데 토마스에게 헌정하는 의미로 만들었던 곡이다.

Thomas Leeb의 〈Akaskero〉 커버

토마스 립과의 만남이 있을 당시에 MBC의 〈화제집중〉이라
는 프로그램에서 촬영 요청이 있었다. 그것이 나의 첫 지상파 출
연이었다. 촬영은 우리 집과 지하철 공연장, 그리고 토마스 립의
워크숍 장소에서 이루어졌다. 우리 집에서 촬영하다 보니 부모
님도 자연스럽게 방송에 등장하시게 됐는데, 사실 아빠는 카메
라에 자신이 노출되는 것을 극도로 싫어하셔서 방송 출연을 앞
두고 꽤 고민하셨다고 한다. 가족들의 인터뷰 장면 중 할머니께
서 이렇게 말씀하신 게 있다.

"얘가 하도 기타를 쳐서 시끄럽다고 방에 들어가서 하라고 했었지. 이제 안
그럴게, 성하야~"

사실 내가 기타 연주하는 것을 가족 모두가 반겼던 것은 아

니다. 음악을 사랑하고 나를 처음부터 적극적으로 지지해주셨던 아빠를 제외하고는 모두가 내가 기타 치는 것 자체를 달가워하지 않으셨다. 방과 후에 집에 와서 하루 종일 기타를 튕기던 나를 처음에는 엄마도 할머니도 좋아하지 않으셨다. 그도 그럴 것이 내가 이렇게 기타에 빠져있다가도 금세 포기할 줄 아셨을 것이고 계속한다 한들 불투명한 미래가 기다리고 있을 분야이기에 걱정을 하셨던 것으로 생각한다. 하지만 나의 기타에 대한 애정은 식을 줄을 몰랐고 그것이 유명세를 타 방송 출연까지 이어진 덕에 엄마와 할머니도 그때를 기점으로 생각이 바뀌기 시작했던 것 같다.

나를 이렇게 처음부터 지지해주시던 아빠 본인은 평범하게 대학을 졸업하고 회사에 입사해서 일을 하셨다. 하지만 자신이 원하지 않는 일을 하고 있다는 것에 큰 스트레스를 받아오셨다. 이 때문에 자기 자식들에게는 꼭 원하는 일을 할 수 있게끔 지원해주겠다는 생각을 하셨다고 한다. 아빠는 예나 지금이나 자식들이 원하는 일을 할 수 있게끔 지원해주시고 도와주신다. 나에게는 네 살 터울의 여동생이 있다. 동생은 나와는 다르게 평범한 또래 대학생들처럼 자신이 하고 싶은 일을 일찍이 찾지 못했다. 아빠는 그런 동생이 여러 가지 분야에 도전해볼 수 있도록 지원을 아끼지 않으셨고 자신이 좋아하는 일을 찾을 수 있게끔 지지해주셨다. 나는 이런 아빠 밑에서 자랐기 때문에 지금의 내가 되었다고 생각한다. 자신이 하고 싶은 일을 찾으려는 본인의 의지는 말할 것도 없이 중요하다. 그리고 하고 싶은 일은 빨리 찾으면 찾을수록 좋다고 생각한다. 그런데 그만큼이나 중요한 것은 이를 이끌어줄 수 있는 부모의 역할이라고 생각한다. 그냥 남들이 다 하니까, 안정적이고 무난하니까, 공부만 시키고 자식들의 꿈을 찾아주려는 노력은 하지 않는 부모님들도 꽤 많다. 물론 그런 길이 적성에 맞는 사람도 존재한다. 하지만 대부분은 아니다.

요새 젊은 회사원들이 입에 달고 사는 말이 "퇴사하고 싶다"이다. 평범하게 직장생활을 하는 내 친구들 또한 마찬가지다. 나는 그런 친구들에게 "그런 생각을 가지고 있는 순간 이미 그 길은 너의 길이 아니다"라고 말해준다. 물론 현실은 녹록지 않다. 이미 성인이 된 또래 친구들이 사회적으로 자리를 잡은 시점에서 하던 것들을 모두 포기하고 꿈을 좇는 것이 절대 쉽지 않은 일이기 때문이다. 그렇기 때문에 자신이 하고 싶은 일, 자신의 꿈은 일찍 찾을수록 좋다. 그리고 이를 부모님이 지지하고 응원해주어야 한다. 회사에 취직해서 월급을 받으며 살아가는 것보다 돈을 벌지 못할 수도 있다. 또 실패할 수도 있다. 하지만 그것은 그것 나름대로 의미가 있다. 평생 좋아하는 일을 찾지 못하고 사는 것, 혹은 찾았음에도 한 번도 도전해보지 못한 채 살아가는 것보다는 실패하더라도 도전해보는 것 자체가 중요하다. 그런 자식들이 후회 없는 인생을 보내기 위해 이 세상 모든 어머니와

아버지에게 미래를 두려워하지 말고 적극적으로 자식들을 응원해달라고 부탁드리고 싶다. 나의 훌륭하신 아빠를 보고 그렇게 느끼고 생각해주셨으면 좋겠다.

꿈에 그리던
거장들과의 무대

　토마스 립과의 만남과 방송 촬영이 있고 나서 몇 달 후인 2007년 2월, 프랑스를 대표하는 핑거스타일 기타리스트인 피에르 벤수잔Pierre Bensusan의 내한공연이 있었다. 피에르가 내한하기 훨씬 전부터 그의 〈Wu Wei〉라는 곡은 핑거스타일 동호회 회원들 사이에서 엄청난 고난도 곡으로 유명했었는데, 나는 그 곡을 도전해보고 싶은 마음에 일찍이 연습했었다. 그때의 게시글을 보면 내가 수준에 맞지 않는 너무 어려운 곡을 연습하는 것이 오히려 방해가 된다는 의견을 주신 분들이 꽤 계셨다. 그도 그럴 것이 그 곡을 온전히 연주하려면 그에 맞는 실력이 갖춰져야 하는데, 그렇지 않으면 곡을 연주하면서 어느 정도 타협점을 보게 된다. 곡 본연의 테크닉을 구사하지 못한 채 내 입맛대로 곡을 바꾸어 버리게 되고 그렇게 되면 실력 향상에 있어 좋지 못하다는 이야기다. 그럼에도 나는 그 곡을 연주하는 것 자체가 너무 재미있어서 결국 익혔고, 피에르 앞에서 칠 수 있기를 소망하면서 영상을 올렸다.

피에르가 내한공연을 하는 날 공연 전에 워크숍을 진행했었는데, 나도 그곳에 참석했다. CD에 사인을 받으며 아빠의 통역을 통해 내가 〈Wu Wei〉를 열심히 연습했다는 내용을 전달했다. 그러자 피에르가 다음에 만나게 되면 꼭 〈Wu Wei〉를 들려달라고 말해주었고, 이를 CD에도 그대로 적어주었다. 비록 그 뒤로 그를 만날 일이 없어 아직 그에게 내 연주를 들려주지 못해 아쉽지만, 그때 '거장과의 만남'은 내가 기타에 더 열심히 매진하게 되는 또 하나의 계기가 되었다.

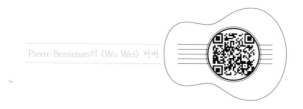

Pierre Bensusan의 〈Wu Wei〉 커버

이후에도 나는 일찍부터 많은 프로 기타리스트들의 러브콜을 받을 수 있었다. 이 모든 것이 인터넷을 통해 내가 지속적으로 연주 영상을 업로드했기 때문인데, 나의 첫 멘토이자 스승이었던 울리 뵈게르샤우젠Ulli Boegershausen과의 인연도 그렇게 시작됐다. 울리는 독일의 핑거스타일 기타리스트로서, 클래식 기타를 전공하고 핑거스타일로 전향한 기타리스트이다. 그래서 울리의 음악은 클래식 같은 느낌도 있고 대체적으로 굉장히 점잖은 분위기를 풍긴다. 그런 울리의 음악과 플레이 스타일에 이끌려 울리의 곡도 연습했다. 내가 처음 연주했던 그의 곡은 〈Tango〉라는 곡으로, 제목 그대로 탱고풍의 곡인데, 강렬하고 친숙한 멜로디와 다이내믹으로 지루할 틈이 없는 곡이다. 핑거스타일 카페에 올라와 있는 악보를 보고 연습해서 유튜브에 업로드했다. 그랬더니 며칠 후 울리가 그 영상을 보고 메일을 보낸 것이다.

"안녕, 놀라운 재능을 가진 아이야.

이 곡의 악보를 구매하려던 어떤 미국 사람이 너의 영상을 알려줘서 보게 되었어.

너의 연주는 흠잡을 데 없이 훌륭하고, 네가 내 곡을 연주해줘서 정말 기쁘단다.

내 도움이 필요하면 언제든지 연락해."

글에서도 울리라는 사람의 인성과 자상함이 느껴지는 메일이었다. 이 작은 사건을 계기로 나는 울리의 곡을 더 많이 편곡했고 울리와 메일을 더 많이 주고받게 됐다. 그로부터 얼마 후 울리는 우리나라에서 내한공연 겸 워크숍을 가지게 되었는데, 드디어 내가 나의 첫 멘토를 만나게 되는 순간이었다. 그때 울리는 작은 하우스 콘서트를 열었었다. 집 안에서 관람객들이 옹기 종기 모여 앉았고 울리가 숨 쉬는 것까지 들릴 만큼 가까운 거리에서 공연을 관람할 수 있었다. 그리고 내가 게스트로 함께 공연할 수 있는 영광스러운 기회까지 가질 수 있었는데 그 기억은 아직까지도 생생하다. 무더운 여름이었는데 냉방이 제대로 되지 않아 관객분들도, 연주자들도 땀을 뻘뻘 흘리며 공연을 해야 했다. 내가 연주할 때 너무 더워하는 것이 안쓰러웠는지 울리는 본인의 손수건을 건네주었다. 나의 솔로 연주가 끝나고 울리와의 합주가 이루어졌는데 열악한 환경에서도 내가 좋아하는 기타리스트와 함께 공연한다는 사실에 나는 마냥 행복했었다. 더위를 많이 못 참는 나인데도, 그날의 기억은 안 좋은 기억들보다 공연했던 순간들의 행복한 기억들이 매우 크게 자리 잡고 있다. 그리고 또 울리는, 연주에서 풍겨지는 느낌처럼 매우 자상하고 인자하신 분이었다. 마치 친손자를 대하듯이 나를 아껴주셨고, 내가 궁금해하는 것들을 친절하게 알려주셨다. 그때 나는 '음악은 그 사람의 인성과 성품도 보여주는구나'라고 느끼게 됐다. 그날 이후로 울리는 내가 본받고 싶은 연주자가 되었다.

그날부터 나와 울리의 인연은 계속되었다. 울리가 연주하는 기타 브랜드는 독일의 Lakewood(레이크우드)라는 어쿠스틱 기타 브랜드였는데, 우리나라에서도 핑거스타일 마니아들 사이에서 유명한 기타 브랜드다. 그런 하이엔드(고급) 기타 브랜드와

나를 연결해준 것도 울리였다. 레이크우드는 아직 어린 나이에 무엇 하나 내세울 커리어가 없었던 나에게 정말 큰 스폰서가 되어주었고 그것은 지금까지 이어져오고 있다. 레이크우드는 나에게 첫 커스텀 기타를 만들어 주었는데, 어린아이가 연주하기 좋은 작은 바디에 내가 원하는 대로 모든 것을 맞춰서 제작해주었다. 그때 그 기타를 받고 얼마나 좋아했는지 모른다. 나중에는 나의 첫 시그니쳐 기타도 출시가 되었다. 레이크우드는 내가 필요할 때마다 여러 기타를 만들어주며 전폭적인 지원을 아끼지 않았다. 이러한 울리와 레이크우드와의 관계는 내 인생에 정말 큰 터닝포인트가 되었다.

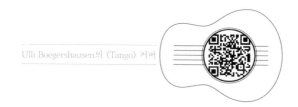

Ulli Boegershausen의 〈Tango〉 커버

나와의 세 번째 인연이 된 기타리스트는 미국의 트레이스 번디Trace Bundy였다. 나의 유튜브에는 여러 버전의 〈Canon〉 편곡이 있는데, 내가 처음 편곡했던 버전이 바로 트레이스가 편곡한 버전이었다. 울리나 토마스처럼 트레이스도 내가 연주한 영상을 감명 깊게 보았고, 그게 계기가 되어 트레이스의 내한공연 때 듀엣 공연을 할 수 있는 기회가 생겼다.

트레이스와도 울리만큼이나 인연이 깊다. 함께 연주한 첫 만남은 트레이스가 어느 어학원의 초대로 작은 미니 콘서트를 열었을 때였는데, 주최 측에선 트레이스만의 연주를 원하여 처음엔 듀엣 무대가 성사되지 못할 뻔했다. 하지만 트레이스의 적극적인 의지로 결국 함께 무대에 설 수 있게 되었다. 트레이스의 첫인상은 삼촌을 보는 느낌이었다. 굉장히 친절하고 자상한 사람이었고, 장난치는 것 또한 좋아하는, 나랑 인간적으로도 정말 잘 맞는 사람이었다.

트레이스가 편곡한 〈Canon〉은 '태핑'이라는 주법이 많이 나오는 버전이었다. 태핑이란 오른손의 탄현 없이 왼손 혹은 오른손만으로 줄을 때려서 소리를 내를 주법이다. 이렇게 연주하는 주법 특성상, 손가락에 힘이 많이 필요하고 또 핑거스타일 주법 중에서도 손에 꼽힐 정도로 난이도가 높은 주법이다. 나는 그의 태핑 주법을 보고 반해서 이 곡을 연주하게 되었고, 처음 연주하는 방식이다 보니 익히는 데 다른 곡들보다 많은 시간이 들었다. 고작 열몇 살 되어 보이는 꼬마 아이가 이 곡을 연주하는 것을 보고 트레이스는 자신의 곡들 중 가장 어려운 곡인데 너무 잘 친다는 내용의 코멘트를 남겼다. 듀엣 연주 역시 이 곡으로 하게 되었고, 이때를 시작으로 몇 년이 지난 후에도 트레이스와 듀엣 공연을 할 때면 매번 〈Canon〉을 같이 연주한다. 그때의 만남을 시작으로 지금까지도 미국 공연이 있을 때마다 거의 그와 함께

하고 있다.

Pachebel의 〈Canon in D〉 커버

　그리고 나서 얼마 후 나는 우리 집에서 첫 하우스 콘서트를 열었다. 나에게 팬카페가 있었는데, 그 팬카페에서 진행했던 작은 공연이었다. 집 거실에서 연주를 하고 공연이 끝나면 팬분들과 집 주변 호수공원에서 함께 산책하며 놀던 소소한 이벤트였다. 하지만 내게는 큰 의미가 있었다. 왜냐하면 이때가 나의 첫 단독 공연이었으니까. 규모는 크지 않았어도 단독으로 내 이름을 걸고 했던 첫 공연이었으니 말이다.

　그런데 몇 달 뒤에, 정말로 정식 공연장에서 하는 내 단독 공연을 갖게 되었다. 팬카페에서 '푸른 연주회'라는 이름을 달고 연 공연이었다. 그때는 하우스 콘서트보다 더 많은 팬분들께서 찾아주셨다. 처음으로 하는 단독 공연이었기에 내심 긴장을 많이 했다. 그런데 감사하게도 많은 팬분들께서 열렬히 응원을 해주셨고, 심지어 어떤 한 팬분께서는 공연 축하 기념으로 나를 위해 오카리나를 연주해주시기도 했다. 이런 팬분들의 응원과 사랑 덕분에 공연은 성공적으로 마칠 수 있었다. 이를 계기로 나는 더욱 흔들림 없이 꿈을 향해 한발 더 내딛게 됐다.

그리고 만나게 된 기타리스트는 바로 나의 진정한 우상인 코타로 오시오였다. 그는 2009년에 처음 우리나라에 내한공연을 왔는데 그때 핑거스타일 카페의 도움으로 그의 공연에 게스트로 설 수 있었다. 처음 만난 코타로는 생각보다 체구가 컸는데, 늘 영상으로만 보아왔던 그의 모습이 아직 꼬마였던 내 눈엔 비현실적으로 보였다. 그리고 마침내 내가 사랑하는 그의 곡들을 그의 앞에서 직접 연주할 수 있는 기회가 찾아왔다는 사실에 굉장히 설렜다. 내 유튜브 채널을 보면 한 대기실에서 코타로가 지켜보는 앞에서 그의 곡인 〈Fight!〉를 연주하는 영상이 있는데, 내 연주를 처음부터 끝까지 경청해주고 연주가 끝나자 감탄하면서 박수를 쳐주는 모습이 담겨있다. 그때 나는 정말 벌써 큰 꿈 하나를 이룬 느낌이었다. 무대에서 그와 함께 연주할 때에도 너무 벅찬 마음에 머릿속이 새하애졌던 기억이 난다. 코타로는 그런 나에게 따뜻한 말들과 조언을 해주었다. 이후로도 이따금씩 코타로가 우리나라에 올 때마다, 혹은 내가 일본으로 공연을 갈 때마다 서로의 공연을 보러 오고 만나면서 친분을 쌓게 되었다. 그는 나에게 있어 지금까지도 슈퍼스타고 아이돌이다.

그렇게 꾸준히 공연도 하고 핑거스타일 카페에서 여는 지하철 공연에도 참여하고 있던 때에 몇 번씩 찾아와서 섭외 요청을 한 방송국의 작가님이 있었다. 그 작가님은 한때 유명했던 예능 프로 '스타킹'의 작가였다. 스타킹은 각종 분야의 재능 있는 사람들이나 신기한 능력을 가지고 있는 사람들을 출연시키는 프로그램이었다. 처음에는 아빠께서 출연에 반대하셨다. 아무래도 스타킹이 오락 예능 장르의 프로그램이다 보니 진지한 음악을 지향하는 나에게는 다소 맞지 않는 프로라고 생각하셨던 것 같다. 하지만 계속되는 거절에도 작가님은 계속 공연 때마다 찾아왔기 때문에, 결국 아빠는 나를 출연시키기로 결심하셨다. 분명 나의 성향과는 맞지 않는 프로그램이었을지 모르지만, 그때는 우리나라에서 가장 유명한 지상파 프로그램 중 하나였고, 나에게도 분명히 도움 되는 부분이 있을 거라 생각하신 것 같다.

그렇게 나는 처음으로 방송국에 가서 촬영을 하게 되었다. 스타킹에 출연하면서 생각보다 방송이란 게 엄청 힘들구나 하고 느꼈다. 촬영도 긴 시간 진행됐지만 그보다 대기시간이 굉장히 길었다. 워낙 출연하는 출연진들이 많다 보니 좀 뒷 순번이었던 나는 방송 촬영 전 리허설 때부터 참여해 긴 대기시간을 기다려야 했다. 그럼에도 지루할 틈은 없었다. 왜냐하면 텔레비전에서만 보던 세트장이 내 눈앞에 있었고, 내가 자주 보던 연예인들이 내 앞에 있으니 모든 것이 그저 재미있고 신기할 따름이었다. 스타킹 MC였던 강호동 선배님도 그날 처음 만났는데, 어린 초등학생인 내가 작은 손으로 기타를 연주하는 모습이 얼마나 기특해 보이셨는지 나를 진심으로 예뻐해주셨던 기억이 난다. 촬영

중에는 편하게 말을 걸어주시면서 긴장을 풀게 해주기도 했다.

촬영은 무사히 끝났다. 여러 연예인들에게 사인도 받고 꿈같은 하루가 지나갔다. 하지만 진짜 꿈같은 하루는 내가 나온 촬영본이 방영되고 난 후부터 시작됐다. 당시 스타킹이 시청률이 높았던 만큼 많은 사람이 나를 알아보게 됐고, 그 덕에 나에게는 많은 팬들이 생기게 되었다. 친구들 사이에서도 유명해졌고, 많은 행사 요청과 다른 아티스트들에게 러브콜도 왔다. 내 이름이 국내에 알려지기 시작한 첫 번째 계기로 나는 비로소 인생의 커다란 변곡점을 맞이했다.

'스타킹' 방송 출연

해외 무대와
첫 앨범 녹음

나의 첫 해외 무대는 독일의 프랑크푸르트 뮤직메세Frankfurt Musikmesse였다. 그 당시 프랑크푸르트 뮤직메세는 미국의 남쇼Namm Show와 함께 세계에서 가장 큰 악기 쇼였고 그곳에 참여한 레이크우드의 서포트로 나도 독일로 향할 수 있었다. 처음 만나게 될 레이크우드 사장님과 직원들, 그리고 오랜만에 다시 보게 될 울리를 생각하며 설레는 마음으로 아빠와 함께 비행기에 올라탔다. 긴 비행 끝에 독일에 도착했고, 공항에서 울리를 만났다. 그리고 다시 먼 거리를 차로 이동해서 울리 집에 다다랐다. 울리가 사는 곳은 수도권과는 멀리 떨어진 시골 마을로 와인이 유명한 곳이었다. 그 때문인지 포도밭이 드넓게 펼쳐져 있었고 고요했다. 울리의 집에는 1층에 음악 녹음을 할 수 있는 스튜디오가 있었는데 바로 앞엔 정원과 함께 강이 흐르고 있었다. 정말 동화에 나올 것 같은 집이었다. 그곳에서 우리는 함께 저녁을 먹었고 다음 날엔 주변 거리와 관광지를 구경했다.

가벼운 관광을 한 후에 나는 울리 집으로 가서 즉흥연주에 대한 간단한 레슨을 받고 함께 듀엣곡을 녹음했다. 우리가 녹음한 곡은 울리의 자작곡인 〈Approaching Dark〉와 〈Coming Home〉이었다. 그중 〈Coming Home〉은 지금도 즐겨듣는 곡 중 하나로 서정적이고 친근한 멜로디로 쓰인 듀엣곡이다. 그렇게 울리와 듀엣 공연을 준비하고 다음 날, 드디어 프랑크푸르트 뮤직메세에 가게 되었다. 프랑크푸르트 시내에 있는 호텔에 들려 체크인을 하고 바로 뮤직메세로 향했다. 나는 레이크우드 소속이라 바로 레이크우드 부스를 찾아갔는데, 워낙 많은 악기 회사들이 참여하는 쇼이고 또 세계적으로 가장 큰 뮤직쇼 중 하나이다 보니 찾아가는 데도 한참을 걸어야 했다. 가는 길에는 그전까진 본 적도 없던 다양한 악기들이 전시되어 있었다. 그때의 나는 정말 설렘과 신남 그 자체였다. 레이크우드 부스를 방문하여 레이크우드 사장님과 직원들을 만날 수 있었고, 내가 모니터로만 봐왔던 수많은 유명 연주자들도 만날 수 있었다. 그들 모두가 나를 이미 알고 있었는데, 지금 생각해보면 인터넷이란 게 얼마나 대단한지 다시금 느끼게 되는 것 같다. 메세 안에서는 독일 어쿠스틱 기타 잡지와도 인터뷰하고, 여러 연주자들과도 이야기를 나눴다. 나는 레이크우드 부스를 포함하여 어쿠스틱 전용 스테이지에서 이틀 동안 연주했는데, 많은 사람이 호응해주고 좋아해준 덕분에 큰 무리 없이 공연을 끝낼 수 있었다. 이것이 내 첫 해외 공연 경험이었다. 프로 기타리스트를 꿈꾸는 나에게는 정말 꿈만 같았던 시간들이었기에 내 인생에 가장 큰 순간 중 하나로 꼽고 싶다. 그렇게 이틀간의 뮤직메세 일정은 끝이 났다.

다음 날, 레이크우드 본사가 있는 기센이라는 도시에 방문했다. 기센에서는 뮤직메세와 별개로 한 번의 공연이 더 있을 예정이었는데, 이는 울리와 알렉스 카바사_{Alex Kabasser}라는 기타리스트와 함께하는 공연이었다. 알렉스는 의사 출신 기타리스트로, 무척 멜로딕한 곡을 쓰고 연주하는 연주자였다. 공연은 레이크우드 본사를 조금 더 지나서 있는 한 교회에서 열렸다. 무사히 공연을 마친 후엔 레이크우드 본사에서 와인파티가 열렸는데, 나는 술은 마시지 못했지만 공연에 참석했던 많은 분들과 좋은 시간을 보낼 수 있었다. 또 내가 연주하는 기타가 어떤 과정을 거쳐서 만들어지는지도 배우게 되었고 레이크우드 사장님과도 많은 이야기를 나눌 수 있었다. 레이크우드 사장님의 이름은 마틴으로 울리 못지않게 자상하고 좋은 분이셨다. 내가 레이크우드에서 서포트를 받을 수 있게 많은 도움을 주셨고, 뮤직메세까지 참여할 수 있게 해주셨으니 나에겐 울리만큼의 은인이라고 할 수 있다. 그렇게 나의 첫 해외 공연 일정은 막을 내렸다. 아빠와

프랑크푸르트의 뮤직메세에서

나는 다시 긴 비행을 거쳐 집으로 돌아갔다.

Ulli Boegershausen & Sungha Jung의 〈Coming Home〉 듀엣

진로 결정과
청심국제중학교 진학

　어느덧 14살이 된 나는 집 근처의 중학교에 입학하게 됐다.
초등학생 때 알던 친구들과 같은 학교에 진학하게 되어 좋았지
만, 공연을 하러 다닐 땐 남은 출석 일수를 채워야 해서 제약도
많았다. 이 때문에 어쩔 수 없이 기타보다는 공부에 더 열중할 수
밖에 없었고 공부하고 남는 시간에만 기타를 연습할 수 있었다.

　그러던 중 청심국제중학교에서 연락이 왔다. 그 학교는 많은
수업을 영어로 진행하며 전국에서 영재라고 불리는 아이들이 많
이 진학하는 곳으로 알려졌다. 학교에서 나에게 제안한 내용은
청심국제중학교를 다니면서 내 공연 일정을 위한 출석 일수에
대한 부분을 배려해줄 수 있다 했고, 기타 개인레슨을 지원해주
며 영어 공부도 할 수 있게 도와준다는 것이었다. 나와 부모님은
나에게 정말 좋은 기회라고 생각했다. 그래서 큰 고민 없이 청심

국제중학교로 전학을 결정하게 되었다.

이미 나에게 있어서 기타리스트는 나의 꿈이 되었고, 공연을 다니며 프로 기타리스트가 되고자 하는 마음이 굉장히 자연스럽게 들었던 상태였다. 아주 당연하게도 '난 평생 음악을 해야지!'라는 생각이 내 안에 자리 잡았고, 진로에 대한 고민을 할 필요도 없이 내가 하고 싶은 일, 또 내가 해야 하는 일이 딱 맞게 정해져 있는 느낌이었다. 지금 생각해보면 나는 무척이나 운이 좋았다고 생각한다. 고작 초등학교를 갓 졸업했을 나이에 이미 잘하는 일과 하고 싶은 일을 찾게 되었고, 나에게 과분할 만큼 많은 사람의 관심을 받게 되었기 때문이다. 또 내가 일찍이 기타리스트 활동을 할 때에 걸림돌이 되었던 학교 문제도 청심국제중학교에 진학하게 되면서 해결되었다. 이렇게 모든 것이 톱니바퀴처럼 잘 맞물리자 나의 진로에 대한 확신은 더더욱 굳혀졌다.

보통 그 나이대의 아이들이 그렇듯이, 나도 부모님과 떨어져서 살아본 적이 없었기 때문에 기숙사에서 산다는 것에 대해 두려움이 어느 정도 있었다. 또 내가 알던 친구들이 단 한 명도 없는 완전히 새로운 환경으로 전학을 가는 것이라 그것 또한 무서웠다. 그래서 사실 전학 가고 몇 달간은 잘 적응하지 못했다. 부모님이 보고 싶은 마음에 울기도 했다.

그러다가 친구들과 친해지고 학교에 적응하기 시작하면서부터 학교생활이 즐거워졌다. 특히 나는 친구들과 농구를 굉장히 즐겼는데, 어느 날은 손가락을 다쳐서 며칠 동안 기타를 못 치기도 했었다. 그럼에도 친구들과 운동하며 노는 게 너무 즐거웠다. 그러다 보니 기타를 치며 활동하는 것보다 친구들과 노는 것이 더 즐겁다고 느껴졌고, 그래서인지 기타 연습하는 것을 게을리했을 때가 많았다. 사실 어찌 보면 당연한 것이었을지도 모른다. 한창 친구들과 노는 것이 가장 재밌을 나이였기에, 나는 그때의 내가 음악을 더 열심히 하지 않았던 것에 반성이나 후회를 하지 않는다. 그것은 나에게 꼭 필요한 시간이었고, 그것들이 없었다면 나는 그 학교에서 버티지 못했을지도 모른다. 하지만 또 내 중학교 3년 동안 음악성의 비약적인 발전을 이루어내지 못했던 것도 사실이다. 학교에서 개인 기타 레슨을 지원해주었지만 기초적이고 이론적인 것들에 지루함을 느꼈고 제대로 배우고자 하는 마음가짐이 없었기에 배운 것들을 복습해보지도 않았다. 그렇기 때문에 사실상 기타 레슨을 통해서 내 것으로 만든 것들은 없었다고 생각한다. 그럼에도 나의 중학교 시절은 내가 가장 행복했던 시간이었다.

나는 내가 좋아하는 일을 찾고 그 일을 하는 것이 중요하다고 생각하지만, 그렇다고 다른 것들은 모두 제쳐두고 오로지 그것만을 바라보고 몰두하는 것은 좋지 않다고 생각한다. 나는 내가 기타를 찾은 것이 10살 무렵이었고, 그 후 내가 20대 후반이 된 지금까지 쭉 그것만을 해왔기에 알 수 있다. 대다수의 아이들이 학창시절에 친구들과 노는 것을 가장 좋아하고 그것을 필요로 하는 것에는 그 나름의 이유가 있다. 그것은 성장해서 성인이 되고 난 이후에도 여러 가지 내적인 것들에 많은 영향을 끼친다. 내가 좋아하는 일을 하며 살 수 있다고 한들, 정말 그것만 할 줄 안다면 그 일을 아무리 잘하더라도 한계에 부딪히게 된다. 즉 내가 하는 일과 전혀 관련 없을 것처럼 보이는 여러 요소들과 경험들이 지금의 나를 만드는 데 중요한 역할을 하는 것이다. 나의 중학생 시절처럼, 좋아하는 일을 일찍 찾고 그것을 일찍 시작했다고 해서 그것에만 매달릴 것이 아니라 친구들과 함께 놀고 음악 외의 것들을 공부하며 사회성을 기르는 것 또한 미래의 나를 만드는 하나의 중요한 경험이다.

내가 친구들과 어울리지 못하고 항상 혼자서 연습실에 틀어박혀 음악만 했다면 어땠을까? 내 음악에도 엄청난 영향을 끼쳤겠지만 그 이상으로 내가 기타리스트로서 활동하는 데 있어 아주 큰 문제가 됐을 수도 있다고 생각한다. 내가 하는 장르는 솔로로 연주하는 것이라서 합주처럼 다른 사람들과 협동하는 것에 큰 비중을 두지는 않는다. 그렇다 쳐도 공연을 다니고, 팬들과 소통하고, 또 다른 연주자를 만나서 교류하는 것에 어려움이 생길 것이다. 이 세상은 나 혼자만 잘한다고 해서 성공할 수 없다. 주변에 많은 사람의 도움이 생각보다 자주 필요로 하게 된다. 나 역시 지금의 나로 성장할 수 있었던 것도 많은 사람의 도움 덕분이다. 그런 사람들에게 감사함을 표현할 때나 나중에 내가 이제껏 받은 사랑을 다른 사람에게 되돌려 줄 때에 분명 나에게 음악 외적인 것들이 필요로 할 것이다. 나는 사람들이 한 가지 나무만 보고 직진할 것이 아니라 숲을 보며 여러 가지를 배우고 경험하며 성장할 수 있길 바란다. 그리고 지금의 나는, 많은 도움을 받고 자랐던 그때의 나를 떠올리면서 현재 나를 보고 자라는 후배들에게 똑같이 도움을 주고 있다. 그리고 이런 것들이 선순환되며 내가 하고 싶은 일을 하며 살아가는 사람들에게 더 좋은 세상이 될 수 있다고 나는 믿고 있다.

2장

학생 기타리스트

나의 중학교 생활

청심국제중학교에 입학하고 나는 바로 첫 앨범을 준비했다. 보통 앨범을 낼 때에는 내가 직접 작곡한 곡이나 다른 아티스트들의 음악을 편곡한 곡들을 싣는다. 하지만 그때의 나는 아직 이렇다 할 자작곡들이 몇 곡 없었고, 또 편곡하는 법을 제대로 터득하지 못한 상태였다. 그래서 미숙하지만 정말 공들였던 자작곡 두 곡 〈Perfect Blue〉와 〈Hazy Sunshine〉, Sting의 〈Fields of Gold〉를 편곡하여 수록했고 그 외 나머지 트랙들은 내가 존경하는 다른 기타리스트들의 편곡들로 이루어지게 되었다. 곡을 선곡하는 것만큼이나 중요한 것은 앨범 녹음을 진행할 장소다. 정말 감사하게도 울리가 내 앨범의 녹음을 본인의 홈 스튜디오에서 할 수 있게 도와주겠다고 했다. 그래서 내 첫 앨범 녹음은 독일에서 이루어지게 되었다. 레이크우드에서 이동경비와 숙박 등 여러 가지를 지원해주었고 그 덕분에 나는 두 번째로 방문한 독일에서 편하게 머무를 수 있었다. 울리는 또다시 나를 따뜻하게 맞아주었고 머무는 동안 맛있는 음식과 편안한 환경을 제공해주어 녹음을 무사히 진행할 수 있었다. 보통 녹음실은 방음을 목적으로 지하에 있는 경우가 많은데, 울리의 집이 위치한 마을은 굉장히 한적하고 조용한 곳이라서 그런지 다른 방음 시설 없이도 녹음을 할 수 있는 환경이 갖추어져 있었다. 그 덕분에 칙칙한 지하실이 아니라 바삭한 햇살이 잘 드는 공간에서 기분 좋게 연주했다.

그땐 내가 작곡하거나 편곡하는 능력이 많이 미숙했던 탓에 울리가 곡의 디테일이나 구성에 있어 세심히 조언을 해주었다. 그 덕분에 앨범에 실을 수 있을 만큼의 좋은 곡들이 탄생하게 되었다. 내 초창기의 작곡, 편곡 스타일은 그렇게 울리의 영향을 많이 받았다. 또 녹음할 때면 연주 중에 틀리면 안 된다는 강박을 크게 가지고 있었는데, 이 또한 울리가 연주하다가 실수하는 것은 자연스러운 일이며 그것에 크게 신경 쓸 필요는 없다는 조언을 해주어 나는 편하게 녹음을 마칠 수 있었다. 그렇게 며칠간의 첫 앨범 녹음 일정을 마쳤고 난 곧 만들어질 내 첫 앨범을 생각하며 설레는 마음으로 한국으로 귀국했다.

한국으로 돌아와서 나는 학업을 병행하면서 음악 활동을 이어갈 수 있었다. 내가 다니던 청심국제중학교는 야간 자습 시간이 있었다. 정규수업을 마치면 석식 시간 이후에 다른 친구들이 야간 자습을 할 때 나는 혼자 사용할 수 있는 연습실에서 기타 연습을 할 수 있었다. 이따금씩 공부하다가 내려와서 같이 수다를 떨며 머리를 식히고 가는 친구들도 있었기 때문에 외롭지는 않았다. 그렇게 학교→연습→잠의 반복되는 일상 속에서 나는 본격적인 해외투어 일정들을 시작하게 되었다.

본격적인
해외 투어의 시작

    2010년 1월, 처음으로 미국 투어를 떠났다. 전에 내한 공연
하러 방한을 한 트레이스 번디의 초대로 그와 함께 공연하게 되
었다. 샌디에이고, 시애틀, LA 등 미국 서부에 있는 도시들을 돌
며 트레이스와 함께 잊지 못할 무대를 만들었다. 또한 예상 밖의
많은 미국의 팬들을 만나게 되면서 새로운 경험을 하게 됐다. 각
나라 관객들마다 특징들이 있는데, 미국은 굉장히 호응도 좋고
리액션도 좋은 편이다. 그 때문에 나는 미국에서 공연하는 것을
좋아한다. 공연할 때의 어떤 희열감과 흥분이 배가 되는 느낌이
들기 때문이다. 또 나를 너무나도 잘 챙겨주고 도와주던 트레이
스가 있었기에 낯선 나라에서도 편하게 공연하며 지낼 수 있었
다. 그 이후로도 나는 미국에서 공연할 때면 꼭 트레이스와 동행
한다. LA에서 공연할 때는 근처에 거주하던 토마스 립이 공연장

을 찾아주기도 했다. 지난번 한국에서의 만남 이후 3년 만에 미국에서 만난 것이다. 이렇게 생전 알지 못했던 사람들을 온라인을 통해 알게 되어 각자의 나라에서 만나게 되는 것이 아직도 기적처럼 느껴진다. 토마스 립과의 반가운 재회 이후 그날 LA 공연에서는 토마스가 보고 있어서인지 조금 긴장하긴 했지만 그래도 공연은 무사히 마칠 수 있었다. 그렇게 재밌는 공연들과 특별한 만남이 있었던 첫 미국 투어는 나에게 좋은 추억으로 남겨졌다.

Trace와의 〈Billie Jean〉 듀엣

미국 공연이 있고 몇 개월이 지나서 나의 첫 앨범이 드디어 발매되었다. 앨범명은 자작곡의 이름을 따서 〈Perfect Blue〉라고 지었다. 앨범에 실린 사진들과 앨범의 디자인 모두 나의 팬카페의 한 팬분이 해주셨고, 녹음과 믹싱, 마스터링은 울리와 토마스라는 엔지니어가 도움을 주었다. 주변에 이런 많은 분들의 도움이 없었다면 나는 이 큰 첫발을 떼지 못했을 것이다. 그렇기 때문에 나는 주변에 누군가가 있다는 것을 늘 감사하게 생각한다. 나 혼자의 힘으로는 할 수 없었던 것이기에 첫 앨범은 내게 더욱 뜻깊은 앨범이다.

　나의 이 첫 앨범을 들고 간 그다음 해외 공연은 중국의 국제 핑거스타일 페스티벌이었다. 중국에서 최초로 열린 핑거스타일 페스티벌이었는데 정말 많은 유명 연주자들이 초청되었다. 그중 영광스럽게도 나도 포함이 되어 유튜브 속 영상으로만 보던 많은 기타리스트들을 만날 수 있었다. 공연에 초청된 연주자들은 덕 스미스_{Doug Smith}, 마사 수미데_{Masa Sumide}, 타나카 아키히로_{Tanaka Akihiro}, 마사아키 키시베_{Masaaki Kishibe}, 돈 로스_{Don Ross}, 피터 핑거_{Peter Finger} 등으로 내가 모두 한 곡 이상은 편곡한 적이 있던 존경하던 연주자들이었다. 대기실에서 그들을 만나 대화도 나누고 연주하며 교류할 수 있는 시간도 가졌다. 당시엔 내가 영어를 못했기 때문에 영어를 잘하는 매니저님의 통역으로 그동안 궁금했던 것도 물어보고 바로 앞에서 연주를 직관하기도 하는 특별한 경험을 했다. 연주자들도 저마다 성향이 제각각 다른데, 앞서 말했듯이 각자의 음악 성향이 성격으로 드러나는 것 같다. 점잖은 분위기의 음악을 하는 연주자는 비교적 조용하고 젠틀한 성격을 가진 반면, 밝고 그루비한 음악을 하는 연주자는 친화력 좋고 말도 잘하는 성격을 가졌다. 대표적으로 일본 연주자 타나카 아키히로는 지금까지도 나와 매우 친한 연주자로, 그의 음악 중 〈Etude of The Sun〉이라는 곡을 들어보면 굉장히 통통 튀고 밝으며 정열적인 느낌이 드는데, 그 음악과 아키히로라는 사람은 매우 닮아 있다.

그의 친화력 덕분에 첫 만남에서부터 가까워질 수 있었고, 함께 있을 때는 물론 같은 무대에 서서 합주를 할 때도 내가 공연하면서 너무 행복하다고 느낄 만큼 마음이 잘 맞고 음악적 성향도 잘 맞는 친구가 되었다. 아키히로 이외에도 다른 연주자들 역시 내가 그들의 곡을 연주하는 것을 유튜브를 통해 보았고, 모두 감명 깊게 보았다며 연락을 해주었다. 내가 좋아하는 곡을 연주한 원곡자들의 칭찬만큼이나 나에게 동기부여가 되는 것은 없다.

또 다른 만남도 있었다. 해당 페스티벌을 주최한 것은 치아웨이 황Chia Wei Huang이라는 대만 기타리스트이자 공연 프로모터였는데, 그와도 거기서 인연이 되어 내가 이후에 하게 될 수많은 아시아 투어들을 그가 맡아서 하게 되었다. 나의 아빠뻘쯤 되는 치아웨이는 나를 친아들처럼 생각해주고 내가 아시아 여러 국가들에서 많은 활동을 할 수 있게 결정적인 도움을 주었다. 그와의 만남도 내가 이 페스티벌에 참여하며 얻어간 인연 중 하나다.

낮 공연이 끝나고 사인회가 있었는데, 나에게 사인을 받으려는 팬분들이 많아서 깜짝 놀랐다. 또 들고 갔던 내 앨범들은 낮 공연이 끝나자 거의 모두 팔려버린 탓에 저녁에 있을 공연에서는 판매할 수 있는 앨범이 얼마 남아있지 않게 됐다. 이토록 내 앨범을 많이 사랑해주는 사람들이 많다는 사실에 나는 처음으로 앨범을 발매한 보람을 느꼈다. 많은 팬분들을 만나고 저녁 공연까지 성황리에 마친 후 다음 날 저녁 비행기 타임 이전에 모든

연주자들이 한데 모여 마지막 점심을 먹었다. 언젠가 전 세계 어디에서 다시 만나자는 약속을 한 뒤 나는 비행기에 올라타 다시 한국으로 돌아왔다.

　내가 그다음에 이야기할 특별한 해외 투어는 일본이었다. 바로 이전 중국에서의 페스티벌에서 일본 공연을 열어주실 수 있는 분을 만났고 그 덕분에 일본까지도 진출하게 되었다. 그때 오사카에서는 사운드메세라는 음악 박람회가 열렸는데, 나는 그곳에 참여했다. 일본 투어에서는 중국에서 만났던 타나카 아키히로와 내내 함께했는데, 그는 내 공연의 오프닝 무대를 서주기도 했다. 아키히로는 나의 투어가 있기 바로 전 주에 미국에서 열린 세계 핑거스타일 대회에서 무려 우승을 했었다. 그런 그가 영광스럽게도 나와 함께해주었다.

첫 공연은 오사카에서 열렸는데, 어느 일본 악기점에서 장소를 마련해준 덕분에 그 악기점 내에서 공연을 하게 되었다. 내가 처음 겪은 일본 관객들은 매우 조용하고 오로지 음악에만 경청하는 스타일이었다. 미국과는 180도 다른 분위기인 데다 처음엔 모두가 나를 집중한다는 느낌이 다소 어색했지만, 금방 적응하면서 오히려 내 연주에 몰두할 수 있게 되었다. 아키히로하고는 이날 처음으로 무대에서 함께 연주를 했는데, 몇 년간 합주를 해온 듀오마냥 너무나도 잘 맞았다. 덕분에 즐겁게 첫 공연을 마칠 수 있었고, 그다음 날에 있을 사운드메세를 준비했다. 사운드메세에서는 중국에서 처음 만났던 마사아키 키시베를 또다시 만났고, 다른 영상에서만 보던 기타리스트들도 여럿 만날 수 있었다. 나의 공연은 작은 부스에서 이루어졌는데, 간이 무대가 객석과 고작 1미터 정도밖에 떨어지지 않은 작은 무대였다. 원래 70석 정도 되는 규모로 알고 있었는데, 문밖까지 찬 사람들이 있어 100명이 넘는 관객들 앞에서 공연을 하게 되었다. 영어를 잘하지 못하는 일본 팬분들을 위해 일본어 멘트를 적은 카드를 만들어서 갔는데, 내 서툰 일본어를 들은 관객분들은 중간중간 웃으며 재밌다는 반응을 보였다. 그렇게 총 일곱 곡을 연주하고 난 뒤 내려왔는데, 당시 14살이었던 내 나이가 공개되자 많은 관객들이 놀라워했던 것이 기억난다. 사운드메세가 있던 날 저녁에는 일본 핑거스타일의 선구자인 이사토 나카가와Isato Nakagawa의 공연이 있었는데, 그의 제자이자 나의 우상인 코타로 오시오도 거기에 참석했다. 코타로는 한국에서의 만남 이후 두 번째로 만난 것인데, 정말 감사하게도 나를 기억해주고 계셨다. 그는 나의 일본판 〈Perfect Blue〉 앨범에 추천사를 써주었고, 또 그가 진행하는 라디오 프로에서 그의 팬들에게 나의 앨범을 추천해주었다고 얘기해줬다. 그동안 하지 못했던 많은 이야기를 나눈 뒤에 호텔로 돌아갔는데, 그날 밤 나는 감동의 여운이 가시질 않아 밤새 뜬눈으로 보냈다. 다음 날 교토로 이동한 후 일본에서의 마지막 공연을 했고, 이번엔 중국에서 만났던 마사 수미데가 내 공연의 게스트로 와주었다. 앵콜곡으로는 아키히로와 마사 그리고 나의 트리오 무대로 함께 대미를 장식했다.

Stevie Wonder의 〈Superstition〉 커버

여기까지가 나의 해외 공연 에피소드의 첫 페이지다. 내가 다닌 수많은 해외 투어들은 여기서 처음 만난 사람들과의 인연에서 확장되어 내가 세계로 뻗어나갈 수 있는 발판이 되었다. 그렇게 많은 사람의 도움이 있었기에 가능했던 일이었고 그런 도움을 받을수록 나는 정말로 혼자서는 아무것도 할 수 없다는 생각을 자주 한다. 우리 부모님은 항상 기타리스트이기 이전에 좋은 사람이 먼저 되어야 한다고 말씀해주셨다. 그런 부모님께 배운 매사에 겸손하고 감사할 줄 아는 마음이 지금의 나를 이끌어줬다고 나는 믿어 의심치 않는다. 이런 마음을 가질 때마다 신기하게도 나에게 도움을 주고 싶다는 사람들이 매번 생겨났다. 그리고 나는 그런 그들의 도움을 받으며 무럭무럭 성장해왔다. 아직 많이 어리고 부족하지만 한편으론 또래에 비해 성숙해 보인다는 말을 많이 들으며 자라왔고 그런 나의 모습을 본 사람들이 내게 도움을 주고 싶다는 생각을 한 걸지도 모른다.

그래서 나는 미래를 향한 멋진 꿈을 꾸는 독자 여러분께 이 말을 꼭 전해주고 싶다. 아티스트든 크리에이터든 전문가든 새로운 무언가가 되려 한다면 먼저 인격적으로 훌륭한 사람이 되라고. 본인이 좋아하는 일을 열심히 하는 것도 중요하지만 마음의 양식을 쌓고 좋은 사람이 되는 것 또한 매우 중요하다고 말이다.

내가 영화에
출연한다고?!

청심국제중학교에서 보낸 3년은 해외 투어와 학업을 병행하다시피 했다. 앞서 말한 일본과 중국 등 아시아 국가들을 포함해 미국과 유럽 등 서부 나라들을 다니며 투어를 했고. 학교를 다닐 땐 학업에 충실했다. 투어를 다닐 땐 팬분들을 만나고 무대 위에서 공연을 한다는 것이 너무나 행복했고, 학교에 돌아와서는 내가 좋아하는 친구들과 일상생활을 보낼 수 있었기에 그것 또한 내겐 큰 행복이었다.

그러던 중에 정말 특별한 섭외 제의가 들어왔다. 바로 영화 배우로 출연할 수 있겠냐는 제의가 온 것이다. 당연하겠지만 기타밖에 모르던 나는 연기라는 걸 해본 적도, 배워본 적도 없는 사람이었다. 하지만 나에게 제안이 왔던 역할은 그저 나 자신을 연기하면 되는, 기타 신동의 역이었다. 현실의 나와 비슷한 캐릭

터에 끌렸었고, 무엇보다 영화관 스크린에 상영될 영화에 내가 출연할 수 있다는 생각에 나는 무척 설렜다. 원래 대부분의 일반인 캐스팅의 경우 연기 학원을 조금이라도 다니며 연기를 배우고 나서 촬영에 들어가곤 하는데, 나는 기숙사 학교에 다니다 보니 그런 게 불가능했다. 어차피 말이 별로 없는 캐릭터였고 분량도 많지 않아서 큰 문제가 없었다. 나는 딱 중학생 나이쯤 되는, 한강 변에 버려진 버스에서 누나와 함께 사는 가난한 아이의 역할을 맡았다. 그때 나의 누나 역할로 나온 배우는 가수 윤하였다. 촬영 당시엔 매우 추운 겨울이었는데, 한강 변에서 밤에 주로 이루어지는 촬영이다 보니 날씨 때문에 정말 힘들었던 기억이 난다. 영화 장면 중에 버스 위에서 윤하 님이 기타를 치며 노래를 부르고 나는 옆에 앉아서 노래를 듣는 장면이 있는데, 그때 버스 위에서 둘이 벌벌 떨며 촬영에 임했던 기억이 난다. 그때 영화는 이렇게 힘들게 찍는구나, 라는 걸 느꼈다. 또 나와 배우 류승범 님이 함께 나오는 장면 중에 버스 앞에서 감자를 구워 먹으며 내가 기타를 연주하기도 하고 서로 웃고 떠드는 그런 대목이 있다. 원래 이틀에 걸쳐서 밤에 촬영하기로 되었던 장면이었는데, 류승범 님이 촬영 흐름상 한 번에 찍는 것이 좋을 것 같다고 해서 예정보다 당일 촬영이 오래 이어지게 됐다. 결국 해뜨기 직전까지 촬영했고, 당시에 매우 피곤하고 힘들었지만 윤하 님과 류승범 님을 비롯한 많은 분들이 편한 분위기를 만들어주신

<수상한 고객들> 영화 촬영 씬

덕분에 끝까지 버티고 촬영을 마무리할 수 있었다.

영화 촬영은 내게 매우 특별하고 재밌는 경험이었다. 기타리
스트가 아닌 나로서 무언가를 했다는 의미가 있으니까. 비록 영
화 자체가 큰 흥행을 이끌진 못했지만 이따금씩 주변 사람들이
영화를 보다가 내 얼굴이 나와서 깜짝 놀랐다는 이야기를 해주
곤 한다. 어쨌든 나로서 무언가를 통해 기록을 또 하나 남겼다는
사실이 나에게는 가장 큰 의미였다고 생각한다.

그리고 나는 어느덧 두 번째 정규 앨범을 준비했다. 두 곡을 제외한 모든 곡을 다른 기타리스트들의 편곡들로 발매했던 데뷔 앨범과는 다르게, 그간 여러 기타리스트들의 편곡을 카피하면서 얻어낸 노하우들과 울리와 다른 기타리스트들에게서 배운 팁들을 이용해서 내가 직접 편곡한 곡들도 함께 실었다. 그리고 무엇보다 나의 자작곡들을 대거 녹음했다. 두 번째 앨범의 녹음은 첫 번째 녹음 때와 똑같이 독일에 있는 울리의 홈스튜디오에서 녹음했다. 벌써 세 번째 방문으로 이미 익숙해진 울리의 집에서, 나는 편하게 머무르며 녹음을 진행할 수 있었다. 녹음은 울리와 토마스라는 엔지니어가 함께 도와주었는데, 늘 그렇듯이 이번에도 편안한 분위기에서 내 모든 것을 발휘할 수 있도록 이끌어준 덕분에 두 번째 녹음 역시 성황리에 끝나게 되었다. 녹음 중에 부족한 부분은 옆에서 직접 들으면서 지적해주었고, 그런 울리의 멘토링 덕에 마음에 드는 앨범이 나올 수 있었다. 녹음이 끝난 후엔 정원에 나가서 마을 어른들과 어울리며 휴식을 취했고 저녁때가 되면 울리 부인께서 만들어주시는 맛있는 요리를 먹으며 유럽에서의 생활에 큰 매력을 느꼈다. 그렇게 며칠간의 앨범 녹음이 끝나고 유튜브에 올릴 울리와 나의 듀엣 콜라보 영상을 몇 개 찍은 뒤에 나는 다시 한국으로 돌아오게 되었다. 항상 그렇듯이 시일 내에 또다시 만나자는 인사와 함께.

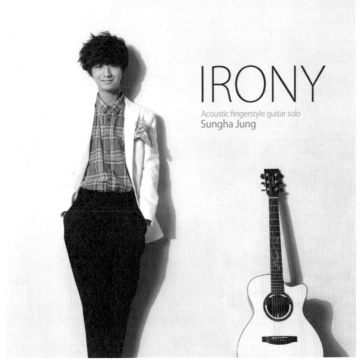

IRONY

Acoustic fingerstyle guitar solo
Sungha Jung

〈Irony〉 앨범과 화보 촬영

한국으로 돌아온 나는 앨범에 사용될 화보 사진들을 촬영했다. 그렇게 해서 독일에서 담아온 연주곡들과 나의 화보 사진이 담긴 나의 두 번째 정규 앨범이 발매되었다. 앨범의 제목은 〈Irony〉. 이번에도 역시나 나의 자작곡인 〈Irony〉의 타이틀을 그대로 따서 만든 앨범이었다.

발매 후에 학교에서 친구들에게도 자랑했었는데, 같은 학교 친구인 정성하가 아닌 연예인 같은 기타리스트 정성하가 담긴 앨범을 보고는 놀라는 친구들도 있었고 함께 좋아해주는 친구들도 있었다. 항상 친구들에게는 친구 정성하이길 바랬던 나는 조금 부끄러웠던 것 같다.

고등학교 진학을
포기한 이유

    행복하던 나의 중학교 시절에도 큰 고민거리가 있었다. 바로
고등학교 진학 문제였다. 청심국제중학교는 고등학교와 함께 있
는 학교인데, 대다수의 중학생들이 그대로 고등학교까지 진학을
해서 나 또한 당연히 친구들과 함께 고등학교까지 진학하게 될
줄 알았다. 그러나 졸업시기가 점점 다가올수록 나의 기타리스
트 활동에 대한 고민들이 많아졌고, 그대로 고등학교에 진학해
서 학업을 병행하는 게 맞는 선택인가에 대해 의문이 들었다. 이
는 부모님도 마찬가지였다. 물론 친구 사귀는 게 한창 중요한 시
기였던지라 나는 당연히 고등학교 진학에 대한 의지가 컸고, 활
동보단 당장의 나의 행복을 중시했다. 하지만 부모님은 나의 미
래를 위해 필요한 것이 학업보다는 활동이라고 생각하셨다. 일
단 나는 지금 당장 최선을 다하자는 자세로 고등학교 입학을 위

한 시험을 준비하기 시작했고, 방과 후에도 선생님, 친구들과 매일 공부하며 노력한 끝에 진학 시험에서 만점을 받게 되었다. 하지만 내 예상과는 달리 부모님은 내가 고등학교에 진학하지 않는 쪽으로 최종결정을 내리시곤 나를 설득하셨다. 나로선 친구들과 함께 진학하지 못한다는 사실이 너무 아쉬웠지만 나의 미래를 위해서 부모님의 결정을 따르기로 했다.

그런 부모님의 결정은 사실 그렇게 흔한 경우가 아니다. 오히려 많은 부모님들은 자녀가 중고등학교는 물론 대학교 졸업까지 하길 바라고 또 안정적인 직장에 들어가 사회생활을 하길 바란다. 그렇기 때문에 우리 부모님은 쉽지 않은 결단을 내리신 것이다. 아들을 믿고 미래의 길을 열어주셨고 그 덕에 나는 원래라면 고등학교에 다녔을 3년 동안 활동에 전념하면서 지금까지의 내 인생에서 제일 활발한 활동을 할 수 있었다. 학교에서 수업을 듣고, 쉬는 시간마다 농구 코트에 가서 농구를 하며 밤엔 기타 연습을 하던 나의 학창시절은 그렇게 졸업식을 마지막으로 끝이 나게 되었다. 그렇기 때문에 지금까지도 나에게 친구들은 중학교 시절 동창들밖에 없다. 한 학년에 100명 정도밖에 되지 않는 적은 정원이었기 때문에 아직까지 연락하는 친구들을 세어보면 지금의 나는 친구들이 많은 편은 아니다. 물론 함께 3년간 기숙사에서 동고동락하며 지냈기 때문에 누구보다 관계가 깊다고 할 수 있지만.

인생에 단 한 번밖에 없을 고등학교 학창시절을 그냥 보냈더라면 지금 어땠을까 하는 상상을 가끔 한다. 하지만 그렇다고 그때의 그 결정을 한 번도 후회해본 적은 없다. 내가 잃은 것보다 얻은 것이 몇 배로 컸기 때문에, 그리고 무엇보다 지금의 나는 그때의 그 결정이 있었기 때문에 존재할 수 있다는 것을 잘 알기 때문이다. 그래서 나는 이따금씩 부모님께 감사하다는 말씀을 드린다. 지금 와서 생각해보면 그때 부모님의 결단이 없었다면 아마 지금의 많은 것들이 달라졌을 테고 또 내가 어려움에 부딪히는 일이 오히려 더 많지 않았을까 싶다. 그래서 나는 미래에도 더 많은 과거들을 떠올리려고 노력하고 그 감사함을 잊지 않으려 노력한다. 그 과거들과 그 마음이 미래의 나를 더욱 단단하게 만들어줄 것이니까.

난 친구가
제일 중요해!

　　중학교를 졸업하고 나는 다시 청주의 집으로 돌아왔다. 하지만 이미 학교 기숙사 생활에 적응이 된 나는 혼자 있고 싶어 하는 시간이 늘어나게 되었다. 아마도 사춘기가 조금 늦게 왔던 것 같다. 집에서 가족과 지내면서 짜증내는 일도 많았고 아빠와 부딪히는 일도 잦았다. 그도 그럴 것이 청주에는 내가 교류하고 있는 친구가 단 한 명도 없었고 공연 투어를 다니지 않을 때에는 항상 집에 틀어박혀 혼자 지내야 했다. 공연 투어가 끝나면 바로 집에 돌아오곤 했는데 이게 일상의 반복이 되다 보니 점점 무기력해져갔다. 하지만 아이러니하게도 지금까지의 내 커리어 중에 가장 빛나는 시기이기도 했다. 집에만 있다 보니 유튜브에 영상을 올릴 수 있는 횟수도 늘어났고, 여러 나라를 다니며 투어를 할 수 있는 시간도 많았던 것이다. 살면서 처음으로 가장 많은 활동을 했고, 자연스럽게 내 인지도도 올라가면서 유튜브 구독자 수도 놀랍게 늘어났다. 또 1년에 정규앨범을 한 장씩 발매했는데, 이 또한 엄청난 싱과였다고 생각한다. 보통 뮤지션들은 정규앨범을 짧게는 2~3년, 길게는 5년 이상 주기로 한 장씩 발매하기 때문이다. 그렇게 나는 (외부의) 밝음과 (내면의) 어둠이 공존했던 나날을 보냈다.

앞서 말했지만, 10대 때 나는 가족보다 친구가 더 중요했다. 그래서 집에서 지낸 고등학교 나이대의 3년 동안, 나는 의지할 곳이 없다고 느꼈다. 부모님과는 속에 있는 깊은 이야기들을 나눈 적도 없었고, 아빠와는 오히려 일적인 다툼이 날로 심해져 갔다. 중학교 친구들도 대부분 멀리 수도권에 살았고 또 다들 학교를 다니고 있었기 때문에 만나기가 힘들었다. 1년에 많아야 두세 번 정도 부모님께 허락받아 고속버스를 타고 상경해서 친구들과 몇 시간 함께 논 뒤에 막차를 타고 다시 청주로 돌아오는 식으로 친구들을 만나곤 했다. 그때가 그나마 숨을 돌릴 수 있는 시간이었는데, 그마저도 얼마 되지 않아 청주로 돌아올 때면 다시 갑갑한 일상이 시작되었다. 원래 나에게는 음악이 내가 쉬고 싶을 때 쉴 수 있게 해주는 원동력이었는데, 그것이 본격적인 일이 되고 외적 요인으로 스트레스가 쌓이다 보니 음악에 대한 흥미가 떨어졌던 것 같다. 앨범을 내야 한다는 아빠의 말에 꾸역꾸역 곡을 썼고, 또 영상을 올려야 한다는 아빠의 말에 꾸역꾸역 곡들을 편곡해 영상을 찍었다. 이때 나는 자신이 정말 좋아하는 일이더라도 의지할 곳 없이, 쉴 틈 없이 반복적으로 해야 하는 상황이 온다면 그 마음이 사라질 수도 있겠구나 하고 느꼈다. 한 번은 너무 힘든 나머지 새벽 중에 내가 키우는 강아지를 안고 펑펑 울기도 했다. 집에 있기가 싫어서 공원에 나가 눈물을 짜내고 집으로 돌아온 적도 있었다. 물론 모든 곡들을 내가 원치 않는데 억지로 쓴 것은 아니고 모든 활동을 내가 원치 않는데 한 것도 절대 아니다. 그런 상황 속에서도 난 여전히 기타와 음악을 사랑했고, 팬들을 만나고 공연을 할 때면 여전히 기타리스트가 되길 잘했다고 느낀다. 그렇기에 지금까지 포기하지 않고 달릴 수 있었고, 나의 마음을 치유해주는 무언가가 계속 있었기 때문에 내가 버틸 수 있었던 것 같다. 이런 나의 힘들었지만 빛났던 시기에 있었던 수많은 일들을 써내려가 보고자 한다.

나의 가장 빛났지만
어두웠던 시기

그렇게 방 안에서 곡을 편곡해서 유튜브에 업로드하고, 앨범으로 발매할 곡을 쓰고, 또 남는 시간엔 게임을 하는 그런 일상이 반복되었다. 사람들은 나의 유튜브 채널과 내가 발매한 앨범들을 보고는 "부지런하다"라고 말하는데, 사실 난 게으른 편에 속한다. 다만 일을 미루고 미루다가 나중에 들이닥쳤을 때 한꺼번에 처리하는 나태한 게으름은 아니고, 무리해서 해야 할 일을 예정보다 빨리 끝내놓은 후에 1분이라도 더 노는 게으름이다. 그게 무슨 게으름이냐고 할 텐데, 그렇게 할 일을 다 끝내놓으면 그다음 일을 해야 하는데 나는 그러지 않고 또 그 일을 해야 할 때가 올 때까지 놀아버리고 마는 것이다. 그럼에도 내가 그렇게 유튜브 채널을 유지하고 앨범을 꾸준히 발매할 수 있었던 것은 아빠의 역할이 매우 컸다. 그땐 계속 활동을 요구하던 아빠가 밉기도 했지만, 그런 아빠가 있었기 때문에 내가 이렇게 성장할 수 있다는 것은 부정할 수 없는 사실이다. 어느 날은 게임에 빠져 하루 종일 기타를 건드리지 않는 날도 있었는데, 그럴 때마다 아빠는 내가 조절할 수 있게끔 혼내주고 바로잡아주셨다. 나는 늘 불평불만이 많았고 하루빨리 독립하고 싶다는 생각을 했지만, 또 아빠가 말씀하시는 게 중요한 것들임을 알았기에 투덜대면서도 곧잘 들었다. 그렇게 집에 있으면서 자연스레 많은 음악들을 만들어낼 수 있었고 투어도 중학교 때와는 비교도 안 될 만큼 많이 다니게 되었다. 5일 정도 일정의 짧은 투어는 한 달에 두 번 정도 했고, 2주 가까이 되는 장기 투어가 잡히면 한 달에 한 번은 꼭 했다. 많은 투어를 다니다 보니 나는 서서히 투어 다니는 것에 적응하기 시작했다.

보통 투어 일정은 이렇다. 해외 투어의 경우 비행기를 타고 그 나라에 도착하면 공항에서 공연을 할 도시로 이동하고 호텔에서 체크인을 한 후에 밤을 보낸다. 그다음 날 공연 준비를 한 후에 공연장으로 향한다. 보통은 호텔을 공연장과 그리 멀지 않은 곳으로 잡기 때문에 금방 도착할 수 있다. 공연장에 도착하면 리허설을 진행한다. 보통 공연이 6~7시쯤이라면 사운드체크는 3시부터 시작한다. 사실 내가 하는 공연은 기타 한 대로 내가 혼자 처음부터 끝까지 진행하기 때문에 리허설 때 사운드를 잡는 것 말고는 특별하게 준비할 것이 없다. 다만 오히려 기타 한 대로 하는 공연이기 때문에 사운드가 그 무엇보다 중요하다. 공연장에서 어떻게 사운드를 잡느냐에 따라 그날의 내 연주 컨디션을 결정하기 때문이다. 모니터로 들려오는 사운드가 좋지 않다면 연주에도 영향을 미치게 된다. 또 공연장마다 음향장비들이 전부 다르기 때문에 이 리허설을 할 때 시간 소모를 많이 하는 편이다. 보통은 사운드 체크를 하면서 공연 때 연주할 모든 곡들을 조금씩 다 연주해보곤 하는데, 곡마다의 느낌이 전부 다르고 그에 필요한 사운드도 전부 다르기 때문이다. 조용한 발라드 곡을 연주할 때면 멜로디를 표현하는 높은 음역대의 음이 선명해야 하고 또 연주를 풍성하게 만들어주는 리버브(이펙트)의 양을 어떻게 하냐도 정말 중요한 포인트다. 반대로 현란하고 타격기가 많은 곡을 연주할 때는 소리가 뭉개지지 않아야 하고 낮은 베이스 음역대를 강조하여 더욱 사운드를 웅장하게 만들어야 한다. 이렇듯 다른 악기가 없기 때문에 내가 가지고 있는 이 기타한 대로 모든 것을 표현할 수 있어야 한다. 이것이 핑거스타일 공연의 묘미이기도 하다. 그렇게 사운드를 모두 확인한 후엔 대기실로 돌아와 휴식을 취한다. 그렇게 쉬면서 가볍게 식사를 하고 나면 어느덧 공연 시간이 다가온다. 최종적으로 대기실에서 손을 풀며 준비를 한 다음 무대 위에 오른다.

공연이 시작되고 나면 그 시간은 오롯이 나의 것이다. 팬분들께 내가 준비한 나의 이야기를 말로써, 그리고 연주로써 들려

드리고 서로의 감정을 공유하며 내가 가진 모든 것을 쏟아붓는다. 이때가 내가 음악을 할 때 가장 행복한 순간이다. 세상의 한가운데에 서서 모든 사람들의 주목을 받는 것 같고 모든 사람들의 사랑을 받는 것 같은 느낌이 든다. 무대에 서면 긴장하고 눈앞이 새하얘져서 아무것도 못 하는 사람이 있는가 하면 이렇게 무대 그 자체를 사랑하는 사람이 있다. 이는 사람 성향이고 또 타고나는 부분인 것 같다. 나는 정말 다행히도 내가 주목받는 걸 매우 즐기는, 흔히 말하는 '관심종자'이고 그런 부분에서 나는 내 직업이 나의 천직이라도 느낀다. 공연은 보통 1부와 2부로 나뉘고, 1부에 7~8곡을 연주한 후 10여 분간의 휴식시간을 가진 뒤에 2부가 시작된다. 2부도 동일하게 7~8곡을 연주하고 퇴장한다. 이후 거의 모든 공연에서 팬분들이 앵콜을 외쳐주시는데, 앵콜곡 한두 곡까지 연주하고 나면 공연이 완전히 끝난다.

공연이 끝난 뒤에는 CD와 악보집 등의 MD를 판매하고 작은 사인회를 가진다. 보통 가수들 공연에서는 사인회가 없지만 핑거스타일 기타리스트들은 대부분 공연 후에 사인회를 갖곤 한다. 많은 분들이 사인을 받기 위해 줄을 서서 기다려주시는데, 보통 몇백 명이 모이는 공연이다 보니 빠르게 진행이 되어 팬분들과 많은 이야기를 나누진 못한다. 공연 대관 시간 때문에 이름이나 날짜를 써드리는 것조차 빠듯할 때가 많다. 그래도 빠짐없이 사인해드리려고 한다. 또 많은 분들이 본인의 기타를 가져오

시곤 한다. 악기에 하는 사인은 조금 더 신경을 쓰는 편인데, 이렇게 사인을 받아 간 악기로 간혹 유튜브 영상에서 내 곡을 편곡해서 올려주시는 분들이 있다. 그때마다 반가운 마음이 든다. 그렇게 악기나 앨범에 사인을 받기 원하시는 팬분들도 있고 나랑 같이 사진을 찍고 싶어 하는 분들도 있다. 나로서는 더 여유를 갖고 팬분들과 직접적으로 교류하고 시간을 보내며 사인이고 사진이고 전부 해드리고 싶은 마음이 크지만 여건상 그럴 수가 없을 때가 많아서 이 점이 늘 아쉽다. 공연을 마무리한 후엔 늦은 저녁을 먹고 호텔로 돌아간다.

그리고 보통 두 번째 날에 다음 공연이 바로 있다. 한 도시에서 공연을 두 번 하진 않기 때문에 다음 도시로 이동을 하는데, 이때 도시마다 거리가 멀리 떨어져 있는 경우가 많아 이른 아침에 비행기를 타고 이동한다. 다음 도시에 도착하면 이번에도 역시 호텔부터 도착하고 다음 리허설 타임이 오기 직전까지 피로를 푼다. 그 이후는 전날과 똑같다. 공연장으로 이동해서 리허설을 하고, 공연을 하고, 사인회를 하고 호텔로 돌아와 휴식을 취하는… 그런 며칠간의 공연 일정을 마치면 다시 한국으로 귀국한다. 해외공연을 가면 그 나라에서 관광도 많이 하지 않냐, 여러 나라 다녀서 좋겠다고 말씀을 하시는 분들이 있는데 사실 일로 가는 것이다 보니 관광을 한다거나 휴식을 취할 수 있는 시간이 매우 제한적이다. 그리고 앞서 말한 스케줄대로 진행되다 보면 잠을 자는 시간마저도 없을 때가 많아서 매번 시간이 날 때면 자고 휴식하기 바쁜 것 같다. 이 정도가 보통 내가 단기 투어를 갈 때의 일정이다.

해외 투어와 국내 공연에서의 에피소드

장기 투어는 10일 이상 소요되는 투어로, 보통 한국에서 멀고 땅이 큰 미국이나 유럽에서 투어를 하는 경우다. 대표적으로 미국 투어는 트레이스 번디와 함께하는데, 미국은 나라가 워낙 크기 때문에 격년에 한 번 동부, 서부 등등 지역별로 나눠서 투어를 다니는 편이다. 보통 이런 장기 투어는 공연이 5회에서 6회 정도 있다. 단기 투어 때처럼 공연하고 다음 날 이동해서 바로 또 공연을 할 때도 있지만, 중간중간 관광하거나 휴식을 취할 수 있는 날들이 껴 있기도 한다. 그런 날엔 트레이스와 그동안 가보고 싶었던 관광지를 가기도 하고, 여러 도시에서 구경할 수 있는 것들을 보기도 한다. 공연을 하는 중간중간에 이런 재미가 있기 때문에 나는 미국 투어를 특별히 좋아한다. 미국에서의 공연은 주로 1부에 내가 연주하고 2부에 트레이스가 연주하는 형식으로 진행된다. 그리고 앵콜곡으로 둘이 함께 듀엣으로 연주를 하는데 사실 이때가 공연의 하이라이트다. 트레이스와는 함께 연주하면 할수록 합이 더욱 잘 맞는 느낌이고 서로 눈빛을 교환하며 연주할 때면 그 감정은 극에 달한다. 그렇게 앵콜곡을 마친 후엔 똑같이 사인회를 하는데, 미국에서 하는 사인회는 다른 아시아 국가에서 하는 사인회와는 사뭇 다르다. 좀 더 자유로운 분위기 속에서 팬분들과 이야기할 수 있는 시간이 주어지는 편이다. 그렇다 보니 사인회에 소요되는 시간이 좀 더 많아지는데, 그래도 트레이스와 함께해서 부담이 덜 된다. 그러고 나면 함께 무대를 정리하고 호텔로 향한다. 이런 식으로 약 2주간의 스케줄을 소화하고 나면 한국으로 돌아온다.

공연을 하면서 힘든 점이 있다면 각 나라의 다른 날씨 문제다. 주로 동남아 국가에 나의 해외 팬분들이 많은 편인데 동남아 국가는 거의 모두 열대 기후를 가지고 있다. 그래서 1년 365일 덥고 습하다. 가끔 걸어서 이동해야 할 때가 있거나, 리허설 때 냉방을 제대로 작동시키지 않아서 후덥지근한 환경에서 리허설을 진행해야 할 때도 더러 있다. 반대로 내가 겪은 가장 추운 지역은 북유럽 스칸디나비아반도에 있는 나라들이었다. 핀란드와 덴마크, 스웨덴을 함께 투어한 적이 있었는데, 그땐 내 동생 수하와 엄마가 함께했었다. 핀란드는 내가 간 곳 중 가장 추운 나라였다. 영하 30도 이하로 내려갈 정도로 하루 종일 눈이 펑펑 내리던 추운 날씨였는데, 거리에 사람이 아무도 없어서 공연장에서 공연 준비를 하면서도 사람들이 올까 싶었다. 그런데 정말 신기하게도 공연 시간이 되니 좌석이 꽉 차더라. 물론 이 나라 사람들에게는 당연한 날씨이겠고, 익숙할 수 있지만 이런 혹독한 날씨에도 내 공연을 예매하고 눈길을 뚫고 와주시는 팬분들에게 감사함을 느낄 수 있었던 특별한 경험이었다. 유럽에서 투어할 때는 비행기를 이용하기도 하고, 차로 이동하기도 하는데 여러 나라들이 붙어있는 지역이다 보니 한 투어에 많은 나라를 오가며 공연하기 좋은 환경이고, 그래서 이처럼 가까운 나라들 두세 곳을 한 번에 묶어서 다녀오기도 한다. 한 번은 크루즈를 타고 이동할 때도 있었는데, 지금까지도 그런 크루즈는 다시 타 본 적이 없었다. 마치 호텔처럼 로비가 있고 객실이 있었고, 여러 오락시설과 식당들이 있던 그야말로 배라고는 생각지도 못할 만큼의 큰 크루즈였다. 투어를 다니며 중간중간 이런 신기한 경험들을 많이 했고, 그런 경험들이 투어를 더욱 재밌게 만들어주었다. 해외 투어를 본격적으로 시작한 게 중학교를 갓 졸업한 어린나이 때라 처음엔 가족이 동행해주기도 했다. 그 후론 나의 팬카페 회원이셨던 한 매니저님과 함께 투어를 다니게 되었다.

또 기억에 남는 유럽 투어는 프랑스이다. 초등학생 때 〈스타킹〉 촬영차 프랑스를 방문한 적이 있었는데, 그때 내가 좋아하는 프랑스 핑거스타일 기타리스트인 미셸 오몽_{Michel Haumont}이라는

해외 투어

기타리스트와 만날 기회가 있었다. 당시 나는 그의 곡들에 빠져 여러 편곡들을 만들었다. 하지만 처음 만났을 땐 방송을 위한 촬영을 해야 했고, 시간이 그리 많지 않았기 때문에 짧은 만남으로 끝나게 되었다. 그러다가 몇 년 후에 그때의 인연으로 내 프랑스 공연을 미셸과 함께하게 되었는데, 함께 무대에 서며 듀엣도 하고 미셸의 연주를 감상할 수도 있게 되었다.

사실 그보다도 프랑스에 갔을 때 기억에 남는 사람이 있다. 내 공연의 게스트로 온 프랑스의 한 아마추어 기타리스트였다. 그녀는 유튜브로 나의 영상들을 매일같이 봐왔고 내가 작곡하고 편곡한 곡들을 연습해 유튜브에 올렸다. 그런 그녀의 영상들을 보고 게스트로 섭외하게 되었는데, 알고 보니 그녀는 내 편곡들을 보고 핑거스타일 기타리스트가 되기로 결심해 기타 전공으로 뮤직 스쿨에 진학하게 되었다고 한다. 나는 이때 처음으로 나로 인해서 누군가가 기타리스트의 꿈을 꾸고 그것을 실천에 옮기고 있는 것을 보았고 내 음악이 누군가의 인생을 바꿀 수도 있구나 하는 생각을 하게 되었다. 그런 나의 열렬한 팬인 그녀와 함께 무대를 꾸미고 다음에 또 기회가 되면 만나자는 말과 함께 투어를 마쳤다.

투어 이후에 미셸이 나를 위해 〈Sungha's Waltz〉라는 곡을 작곡해주었고, 그 곡을 본인 앨범에도 실어주었다. 자신이 좋아하는 어떤 뮤지션에게 직접 곡을 선물 받아본다는 것은 한 뮤지션

으로서 대단히 영광스러운 일이다. 그래서 나 역시 보답으로 그 곡을 연주하여 유튜브에 업로드 했고 이후에 미셸과 공연할 때마다 함께 연주하는 단골 듀엣곡이 되었다.

Michel Haumont의 〈Sungha's Waltz〉 커버

국내에서도 물론 공연과 행사를 꾸준히 해왔다. 국내 공연은 매년 꾸준하게 여름과 겨울 2회씩 했고 서울과 부산을 포함해 대구, 청주 등 다른 지역에서도 한 번 이상은 공연을 했다. 국내 공연은 아무래도 친밀한 한국 팬들이 있고 한국어로 진행할 수 있기 때문에 더욱 준비할 수 있는 게 많고 또 더 편하다. 기본적인 구성은 해외 공연이랑 크게 다르지 않은데, 대신 공연 중간중간에 팬분들과 소통할 수 있는 Q&A 시간을 갖거나 해외에선 준비하기 힘든 장비들을 사용해서 깜짝 이벤트를 하곤 한다. 대표적으로 본래 기타를 공연장 앰프와 연결하기 위해선 케이블이 필요한데, 이를 무선으로 할 수 있는 장비를 준비한 적이 있었다. 무선 장비를 사용하면 내가 기타를 연주하며 이동하는 데 제약이 없기 때문에 무대에서 내려가 관객석을 누비며 연주를 하고 퍼포먼스를 보여주는 그런 이벤트를 했었다. 예상대로 결과

는 대성공이었다. 공연 후 팬분들의 피드백도 매우 좋았고, 나도 내 무대를 직접 연출할 수 있었다는 것에 만족했다. 이런 식으로 공연할 때마다 이번엔 또 어떤 새로운 걸 준비해볼까 하는 고민을 하게 된다.

또 이런 공연 외에도 여러 행사들에도 참여한다. 나의 2집 앨범 〈Irony〉 발매 후 몇 달 뒤에 첫 악보집이 출간되었는데, 출간 기념 미니 콘서트를 서울의 한 대형 서점 앞 무대에서 진행했었다. 이때도 많은 팬분들이 와주셨고 나 역시 음반 발매가 아닌 도서 발간 기념으로 진행했던 공연이었기 때문에 새로운 경험이었다. 그 외엔 뮤직 페스티벌이 있다. 지금도 마찬가지지만, 여름이 되면 수많은 뮤직 페스티벌이 열린다. 그런데 사실 대부분의 뮤직 페스티벌은 멤버가 여럿인 밴드들이 주를 이루는 공연이라 내가 하는 핑거스타일 기타와는 어울리지 않는다. 그럼에도 나에게도 뮤직 페스티벌에서의 초대가 몇 번 있었고 그런 큰 무대에서 기타 한 대 들고 단독 공연할 때와는 비교도 안 될 만큼 많은 사람 앞에서 연주할 기회를 가졌다. 단독 공연 같은 경우 내가 가장 큰 공연장에서 했을 때가 싱가포르에서 했던 약 2천 석 규모의 공연이었는데, 이런 페스티벌에는 그보다 두세 배가 넘는 관객들이 찾아온다. 또 기본적으로 공연장 자체가 야외에 설치되어 있다 보니 분위기도 많이 다르다. 그래서 이런 곳에서 공연할 때면 많은 영감을 얻어 가곤 한다. 나만의 밴드를 꾸

려서 공연을 해보면 어떨까 하는 생각도 했다.

이 밖에도 기업이나 지역에서 열리는 행사도 있다. 어떤 날
은 백화점에서 각 지점을 돌며 며칠 동안 공연을 한 적도 있는
데, 나의 팬분들뿐만 아니라 백화점 고객분들도 많이 찾아와주

셨다. 이렇게 내 단독 공연에 오시는 분들은 거의 나를 이미 알고 있는 팬분들이 대부분이지만 행사는 나를 알지 못하는 사람들에게도 나를 알릴 수 있어 내게 좋은 기회가 된다.

여러 아티스트들과의 작업,
제이슨 므라즈와의 공연

이 시기에 내가 겪은 특별한 경험들 중에서도 가장 기억에 남는 일이 무엇이냐고 묻는다면 나는 다른 아티스트들과의 콜라보레이션(줄여서 콜라보) 작업이라고 말하고 싶다. 그 처음은 가수 나르샤 님의 솔로 싱글 〈I'm in Love〉라는 노래의 피처링이었다. 그때 처음으로 가요 세션을 제의받았던 터라 조금 긴장되기도 했는데, 스튜디오 관계자분과 나르샤 님이 분위기를 편하게 만들어준 덕분에 수월하게 작업을 할 수 있었다. 그 이후엔 걸그룹 투애니원과의 콜라보였다. 당시 마포에 위치해 있던 YG 사옥에서 촬영을 했는데, 그룹 빅뱅과 투애니원의 열렬한 팬이었던 나는 너무나도 설레고 들떴었다. TV에서만 보던 연예인들이 바로 눈앞에 보이자 나는 너무 신기했고 당장이라도 친구들에게 자랑하고 싶은 마음이 솟구쳤었다. 사옥 내 스튜디오에서

촬영과 녹음이 이어졌는데, 긴장돼서 어떻게 지나갔는지도 모르게 촬영했던 것 같다. 또 촬영을 하면서 내가 당시 제일 좋아하던 지드래곤 님을 만날 기회가 있었다. 짧은 대화를 하고 내가 쓴 곡들도 직접 연주할 수 있었고 그 기회 덕분에 투애니원과의 콜라보가 끝난 뒤 지드래곤 님한테서도 콜라보 제의를 받게 되었다. 당시 콜라보 내용은 음원 세션 참여나 콜라보 영상 콘텐츠 촬영이 아닌 많은 아이돌과 가수들이 참여하는 지상파 방송사의 음악 프로그램에 함께 출연하는 것이었다. 지드래곤 님은 촬영이 끝난 후에 나에게 멋진 가방 하나를 직접 선물해주며 친구처럼 대해주었다. 내겐 잊지못할 특별한 경험이었다.

또 하나의 커다란 콜라보 경험은 바로 유명 팝가수 제이슨 므라즈Jason Mraz와의 무대였다. 나는 제이슨 므라즈의 〈I'm Yours〉라는 곡을 편곡하여 유튜브에 업로드한 적이 있는데, 그 영상을 제이슨이 보고 미국의 어느 라디오 인터뷰에서 "어떤 동양인 꼬마가 〈I'm Yours〉를 기타로 편곡한 것을 너무 감명 깊게 보았다. 그 아이가 연주하는 것을 내가 카피해서 공연 때 연주하고 있다"고 하면서 나에 대해 언급을 했다고 한다. 그리고 그로부터 몇 달이 지난 후에 내가 일본 투어에 가 있을 때 제이슨이 내한공연을 위해 한국을 방문했다. 그런데 투어 중에 제이슨 므라즈의 콘시트를 주최하는 한국 공연 업체 측에서 제이슨이 나를 만나고 싶어 하는데 공연 게스트로 와줄 수 있냐고 제의가 온 것이다.

그 연락을 받고 너무나도 기뻤던 나는 당장 한국에 가고 싶었지만 아직 한창 투어를 하고 있던 중이었기 때문에 돌아갈 수가 없었다. 원래 공연 게스트 섭외는 최소 공연 날짜 몇 주 전이나 몇 달 전에 오는데, 주최 측에서 전달받은 바로는 제이슨이 내가 한국인인지 몰랐다고 한다. 아시아인이라고만 알고 있었던 터라 나를 섭외할 생각을 하지 못했는데, 한국에 와서 모종의 계기로 내가 한국인이라는 것을 알게 되고 급하게 섭외 연락을 한 것이었다. 너무 갑작스럽게 온 연락이라 결국 첫 번째 기회는 무산돼 버리고 말았다.

그러다 마침내 또 한 번의 기회가 찾아왔다. 몇 달 후에 제이슨이 서울에서 또 한 번 내한공연을 연 것이다. 이번엔 다행히 미리 연락을 받아서 공연 게스트로 참여할 수 있게 되었다. 첫날엔 서울의 한 카페에서 열리는 온오프라인 미니 콘서트였다. 작게 밴드 멤버 세 명이서 진행을 했고, 나는 제이슨이 마지막 곡으로 〈I'm Yours〉를 부를 때 함께했다. 분위기가 한창 무르익을 때, 제이슨은 나를 가리키며 이렇게 말했다.

"My Hero!"

다만 그 당시 나는 다른 밴드와의 합주 경험이 많지 않았고, 또 세계적인 스타와 함께 선 무대라 떨렸던 탓인지 연주가 만족

제이슨 므라즈와 함께

스럽게 되진 않았다. 내가 아직은 많이 부족하다는 것을 느끼면서 우여곡절 끝에 미니 콘서트는 끝이 났다. 그다음 날 있을 제이슨과의 큰 공연을 위해 나는 호텔에 들어가자마자 맹연습을 했다.

그리고 다음날, 공연을 하기 위해 잠실 종합운동장을 향했다. 이날의 공연은 내가 지금까지 서본 무대 중에 가장 큰 무대였다. 그때 우리나라에서의 인기가 절정이었던 제이슨은 그 큰 공연장을 매진시켰고 정말 너무나도 많은 사람이 왔다. 리허설이 끝난 후엔 여러 매체에서의 인터뷰가 있었고, 대기실에서 제이슨과 여러 이야기를 나눌 기회도 가졌다. 제이슨은 나와 함께 밴드를 꾸려 공연을 다니고 싶다고 했고 내 연주에 깊은 감명을 받았다고 말해주었다. 내게 기타 연주를 보여달라고 한 뒤에 본인이 카피한 내 버전의 〈I'm Yours〉를 연주해 보여주기도 했다.

공연 시간이 다가오자 사람들이 공연장에 들어오기 시작했고, 어느새 만석을 이루더니 곧 공연이 시작되었다. 나는 영광스럽게도 공연의 맨 마지막 순서에 있는 피날레를 장식하는 곡들을 함께하게 되었다. 곡들은 〈93 Million Miles〉와 〈I Won't Give Up〉, 〈I'm Yours〉였다. 모두 내가 편곡하여 유튜브에 올린 적이 있는 곡들이었다. 그렇게 무대에 올라가게 되었는데, 그 큰 공연장을 가득 채운 관객들을 보고 숨이 벅차오름과 동시에 왠지 모를 카타르시스가 느껴졌다. '내 생에 이렇게 큰 무대에서 공연을 해보다니'라는 생각에 약간 얼떨결한 기분도 들었다. 제이슨과 함께 호흡을 맞추며 기타를 연주했고 다른 밴드 악기들이 이끄는 대로 음악이 흘러갔다. 그 많은 사람들 앞에서 이번엔 다행히 긴장하지 않고 무사히 연주를 마칠 수 있었다. 곡이 끝난 후 사람들의 환호성 소리를 들으며 무대에서 내려왔는데, 지금까지 들어본 환호성과는 급이 달랐기 때문에 내가 지금 꿈을 꾸고 있는 건 아닌가 싶기도 했다. 그 정도로 황홀한 시간이었고 그 여운은 지금까지도 강렬하게 남아있다. 공연이 있고 나서부터 나는 여러 매체를 통해 대중들에게 소개되었고, 또 다시 더 많은 팬들이 생기게 되었다.

Jason Mraz의 〈I'm Yours〉 (feat. Sungha Jung)

나의 특별한
경험들

한 번은 아주 특이한 경험을 했다. 바로 내 이름이 들어간 기타 대회에 심사위원으로 참여한 것이다. 싱가포르에서 열린 이 대회는 'Sungha Jung Guitar Competition'이라는 이름으로 개최되었는데, 싱가포르 현지의 여러 기타 연주가들이 참여했다. 나는 공연 방문차 싱가포르에 가서 심사위원으로 참석했는데 내 이름이 들어간 대회를 본 것도 처음이었지만, 이렇게 심사위원 자격으로 다른 연주가들의 연주를 평가하는 것 또한 처음 있는 일이었다. 대회에는 생각보다 많은 실력자들이 참여했다. 나 말고도 다른 세 명의 현지 전문가들의 심사가 있었는데, 1등 우승자에게는 기타를 상품으로 증정했다. 내게는 이 대회가 신선하면서도 다른 나라에 이렇게 나를 좋아하면서 기타 연주를 잘하는 사람들이 있다는 것을 알게 되어 뜻깊은 자리였다.

주로 동남아시아 국가에 팬이 많은 나는 싱가포르에도 팬층
이 두터웠다. 바로 이 나라에서 내가 했던 단독 공연 중에 가장
큰 공연을 했었다. 약 2천 석 정도 되는 규모의 공연장이었는데,
전석이 매진되었고 팬들의 호응도 너무 좋아서 지금까지도 잊

지 못할 공연으로 손꼽는다. 다른 나라들은 인구수가 적거나, 도시들마다의 접근성이 떨어지거나, 혹은 경제 상황이 좋지 않아 이 정도 규모의 공연을 열기가 굉장히 어렵다. 나 개인적으로는 큰 공연장보단 작은 공연장에서 하는 공연이 날 더 긴장하게 만든다. 작은 공연장 같은 경우는 객석과 무대의 간격이 좁아 관객들이 내 바로 앞에서 관람하기 때문에 부담을 느끼게 된다. 반면 큰 공연장은 무대와 객석이 대체로 멀고, 눈으로 셀 수 없이 많은 사람의 박수와 함성을 받으면 그만큼 내가 받는 에너지가 엄청나기 때문에 나는 큰 공연장에서 공연하는 것을 선호하는 편이다. 그래서 이때 싱가포르에서 한 공연이 내 최고의 공연 중 하나라고 느낀다. 그 이후로는 한동안 싱가포르에 방문하질 못했는데, 기회가 된다면 꼭 다시 방문해서 싱가포르 팬들을 또 만나고 싶다.

나는 기타리스트이지만 기타와 비슷하게 생긴 현악기들은 모두 기본적으로 연주가 가능한 편이다. 아무래도 연주하는 방법이 전부 비슷하기 때문에 처음 접하더라도 뭔가 익숙한 감을 느끼게 되는 것 같다. 그중 내가 어렸을 때부터 기타와 더불어 가장 많이 연주한 악기는 우쿨렐레라는 악기이다. 기타와 닮은 모습에 흥미가 있던 나는 금세 연주하는 법을 익히게 되었고 이따금씩 우쿨렐레로 팝송을 편곡해 유튜브에 영상을 올리기도 한다. 평소에 기타 영상을 즐겨보던 팬들도 우쿨렐레 편곡 영상들을 좋아해주셨고, 이런 댓글들을 남겨주기도 했다.

"이 사람은 줄이 달린 모든 악기를 기타만큼 연주할 수 있을 거야."

하지만 같은 모양으로 생긴 악기임에도 각 악기가 내는 소리는 모두 너무나도 다르다. 그런 매력에 빠져 나는 우쿨렐레를 계속 연주해왔고, 그러다 보니 우쿨렐레 연주자들과도 함께 연주할 수 있는 기회들이 생겼다. 그중 가장 큰 기회는 바로 하와이 우쿨렐레 페스티벌이었다. 하와이는 우쿨렐레의 현지이기 때문에 굉장히 실력 있는 우쿨렐레 연주자들이 많다. 그리고 영광스럽게도 내 우쿨렐레 팝송 편곡들이 유명세를 탔던 덕분인지 여러 우쿨렐레 연주자들에게 러브콜을 받았고 결국 현지에 가서 그들과 함께 무대에 설 수 있는 기회를 얻게 되었다.

기타가 메인이던 나는 사실 그들과 비교하면 내 우쿨렐레 실력은 형편없었다. 화려한 테크닉과 연주력을 겸비한 현지 연주자들은 그 작은 우쿨렐레 한 대로 큰 무대를 단숨에 장악하는 퍼포먼스를 선보였고, 난 그곳에서 충격을 받았다. 이런 작은 악기를 저런 방식으로 소화하고 연주할 수 있구나 느낀 것이다. 이어서 내가 무대에 서서 연주를 하는데 내 연주가 작게 느껴지는 듯했다. 다른 연주자들은 우쿨렐레를 오랜 시간 연구하고 연습하여 특유의 개성을 나타내는 데 반해 우쿨렐레를 마치 기타 치듯 연주하는 나를 돌아보니 너무나도 평범해 보였던 것이다. 그건 합주할 때 더욱 도드라졌다. 그들은 솔로 연주자들임에도 어떤 자유로운 합주를 하는 데 익숙한 사람들이었고, 그런 경험이 많아 보였다. 하지만 다른 연주자들과 이미 만들어진 곡들로 하는 합주의 경험만 있던 나는 그런 즉흥적인 합주가 익숙하지 않았다. 그래서 사실상 아무것도 보여준 것 없이 곡이 끝나고 무대를 내려왔던 나는 망연자실했다. 그때 비로소 느꼈다. 지금의 내가 그들과 같은 무대에 설 수 있었던 것은 내가 기타리스트로서 쌓아온 것들 덕분이고 아직 그럴 실력은 되지 않는다는 것을. 그리고 기타와 유사해서 비슷한 방식으로 연주할 줄 알기 때문에 시작한 악기지만 실력을 키우지 않은 상태에서 진짜 '프로'들과 무대를 공유하기에는 아직 이르다는 것을 느꼈다. 그리고 그때 처음으로 이 '즉흥 연주'라는 것에 관심을 가지기 시작했다.

이 '즉흥 연주'라는 것은 재즈에서 비롯된 음악 형태인데, 기본적으로 어떤 메인 테마를 기초로 두고 악기 연주자가 즉흥적으로 솔로를 만들어 연주하는 방식이다. 이 즉흥적으로 멜로디를 만드는 테크닉 자체가 공부와 연구가 필요하고 그런 이론적인 것들을 알게 되었더라도 좋은 멜로디와 좋은 솔로를 만들어내는 것은 각자의 센스에 달려 있다. 그런데 나의 바람과는 달리 이 즉흥 연주를 배우는 것이 너무나도 어려웠다. 그동안 내가 해오던 곡을 익히는 방식과는 결이 달랐고, 누군가가 가르쳐주지

기네스 도전 자선 우쿨렐레 이벤트

않으면 혼자 익히기가 너무나도 힘들었다. 배우고는 싶은데 어디서부터 어떻게 시작해야 할지 몰라 전전긍긍하며 아무것도 하지 못했다. 내가 즉흥 연주를 익힌 것은 그로부터 몇 년이 지난 후였다.

또 하와이에서 재밌는 이벤트가 있었다. 기네스 기록에 도전하는 자선 우쿨렐레 이벤트였다. 이는 우쿨렐레 동시 참가자의 수를 세는 기록이었다. 아쉽게도 그 지난해의 스웨덴에서 달성한 1,500명 기록을 깨지 못하고 1,300명 정도로 마감하게 되었다. 기록은 달성하지 못했지만 내 생에 흔치 않은 기네스 기록 도전기였고 많은 연주자들을 만날 수 있었던 좋은 시간이었다. 또한 나는 하와이의 아침 뉴스쇼에도 출연하게 되었다. 이 또한 예정에 없었는데 급하게 섭외가 들어온 것이었다. 현지 우쿨렐레 플레이어 한 명과 함께 간단하게 한 곡을 연주하고 인터뷰를 하고 돌아왔다. 이렇게 해외 방송 프로그램에 출연할 기회가 투어 중에 몇 번 있었는데, 그때마다 다른 나라의 TV에 내가 출연한다는 사실이 무척 신기하고 재밌었다.

또 그곳에는 독일의 레이크우드사와 같이 우쿨렐레 메이커들의 공장이 있었는데, 그중 세계적인 우쿨렐레 브랜드인 Kamaka 우쿨렐레의 공장을 견학할 수 있었다. 이날 이후 공장에서는 나의 시그니처 우쿨렐레를 제작해주었고 나는 그들의 공식적인 후원을 받게 되었다. 항상 기타를 들고 해외를 나가던 나는 이렇게 처음으로 기타를 놓고 우쿨렐레와 함께한 해외 투어를 마치게 되었다. 그리고 3집 앨범을 준비했다.

3집 솔로 앨범과
듀엣 앨범

공연 스케줄이 없을 땐 집에서 많은 곡들을 썼다. 나 혼자라면 곡 쓰는 것을 게을리했겠지만 내 옆엔 늘 아빠가 있었기에 활발하게 창작활동을 할 수 있었다. 독일에서 녹음한 1, 2집과 달리 3집은 조금 더 새로운 느낌의 앨범으로 만들고 싶었다. 그래서 아빠와 상의한 끝에 일본에 가서 녹음하기로 결정했다. 일본은 정말 많은 기타리스트들을 배출한 핑거스타일의 성지였고 그런 곳에서 녹음을 한다면 내가 원하는 앨범을 만들 수 있지 않을까 하는 기대감이 있었다. 그래서 일본으로 녹음 장소를 정한 뒤에 하나의 앨범을 더 기획하게 되었는데, 바로 일본 연주자들과의 듀엣 앨범이었다. 이미 몇 번 일본을 다녀오며 많은 기타리스트들과의 공연을 해왔던 나는 그들과 친분이 생겼고, 평소에 함께 작업해보고 싶은 몇몇 연주자들에게 함께 앨범을 만들자고 제안했다. 대부분의 기타리스트들이 긍정적인 답변을 해주었는데, 하필 내가 제일 좋아하는 코타로 오시오는 대형 기획사와의 계약으로 참여하지 못한다고 했다. 코타로와 함께하지 못해 서로가 아쉬워했지만, 다행히 그에 못지않은 훌륭한 연주자들이 긍정적인 답변을 주어 기쁜 마음으로 앨범 작업을 할 수 있게 됐다.

그리하여 일본으로 향하기 전에 나는 두 개의 앨범을 준비했어야 했다. 3집 솔로 앨범은 자작곡을 위주로 수록했고 듀엣 앨범은 나의 옛 자작곡들과 팝송 명곡들을 듀엣으로 편곡해 실었다. 다행히 2집 때보다 성숙해진 결과물이 나왔고 나도 만족했다. 이번 앨범에서는 좀 더 다양한 스타일과 장르의 곡들을 시도해보았다. 어둡고 잔잔한 발라드 곡부터 메이저 키로 만들어진 발랄한 업템포 곡까지. 그리고 이때 처음으로 '바리톤 기타'라는 악기를 사용해 곡을 만들었다. 이 바리톤 기타는 쉽게 말하면 베이스 기타의 통기타 버전이다. 일반 기타보다 완전 5도 낮은 음으로 이루어진 악기인데, 그만큼 기타 줄도 더 두껍고 통도 크며, 아주 낮은 음역대의 베이스와 멜로디의 표현이 가능하다. 이 기타로 처음 만든 곡은 〈Gravity〉, 중력이라는 뜻을 가진 곡이다. 이 곡을 처음 만들어서 녹음했을 당시엔 아직 제목도 짓지 않은 미완성 상태였는데, 당시 함께 녹음을 진행하던 아키히로가 내 연주를 들어보고는 몇 가지 조언을 해주어 곡을 완성할 수 있었

3집 앨범을 녹음하며

고, 이 곡의 제목을 짓는 데에도 영감을 주었다. 자칫 평범한 곡이 될 수도 있었는데 아키히로의 프로의 시선으로 인해 나의 히트곡 하나가 탄생할 수 있게 됐다. 이 곡은 내 팬분들이 가장 사랑하는 곡 하나가 꼽히기도 한다. 이처럼 3집 앨범은 자작곡뿐만 아니라 편곡에 있어서도 꽤 많은 변화를 주었다. 아주 유명한 영화 중 하나인 〈오페라의 유령〉의 그 웅장한 주제곡을 핑거 스타일로 편곡하기도 했고, U2의 〈With or Without You〉라는 락의 편곡도 시도해보았다. 그 외에도 애니메이션 테마 곡이나 국내 가요도 편곡해 실었다. 또 내가 좋아하는 기타리스트인 울리와 트레이스 두 분과의 콜라보 곡들도 수록했다. 내가 먼저 녹음해서 보내주면, 각자의 스튜디오에서 내 녹음본에 맞춰 듀엣 녹음을 해서 보내주는 방식으로 작업이 이루어졌다. 그렇게 알차게 이루어진 내 3집 앨범의 타이틀은 〈Paint It Acoustic〉, 아주 유명한 명곡인 〈Paint It Black〉에서 따온 제목으로, 다양한 색깔의 곡이 실린 앨범을 표현한 제목이다. 그렇게 내 3집 앨범을 준비했다.

〈Gravity〉

그다음 난관은 듀엣 앨범의 곡을 선정하는 데 있었다. 아무래도 서로 다른 나라에 살고 있기 때문에 각 기타리스트들과 멀리서 소통하는 게 쉽진 않았다. 방식은 이랬다. 메일을 주고받으며 서로 의견을 제시하고 곡을 제안해 각 기타리스트마다 두 곡씩의 듀엣곡을 선정하는 것이었다. 대부분 곡이 유명한 팝송들이었고, 그 외에 1집과 2집에 수록된 나의 자작곡들도 포함되었다. 살짝 어설펐던 과거의 내 곡들은 프로 기타리스트들의 연주로 환상적으로 멋지게 채워졌고 결과적으로 원곡보다 훨씬 멋진 듀엣곡으로 재탄생하게 되었다. 그렇게 곡 선정이 끝나고 나면 각자 파트의 편곡을 따로 진행했는데, 내가 먼저 편곡을 한 뒤에 녹음하여 상대에게 보내주면 상대가 그 녹음에 맞춰 듀엣 편곡을 하는 방식으로 작업했다. 그렇게 몇 달간의 앨범 준비를 마치고 일본으로 향했다. 녹음 일정 내내 아키히로와 함께했고 호텔에서 머무르면서 녹음실을 왔다 갔다 하며 녹음을 진행했다. 아직 프로듀싱 능력이 없었던 나에게 아키히로는 든든한 지원군 역할을 해주었다.

이런 주변의 도움 덕에 무사히 3집 앨범을 마무리할 수 있었다. 3집 앨범 녹음이 마무리되고 난 후에는 듀엣 앨범의 녹음을 했다. 하루하루 다른 뮤지션들이 스튜디오에 방문해 녹음했는데, 모두 나에겐 대선배님들 같은 존재들이었기에 긴장하느라 온 신경이 곤두서 있었다. 하지만 그들은 모두 나를 아들처럼 편하게 대해주셨고 덕분에 녹음도 즐거운 분위기 속에서 마칠 수 있었다. 놀랍게도 사전에 서로 만나지 않고서 작업을 했음에도 너무나 좋은 듀엣 연주가 나와서 나는 여지껏 한 번도 느껴보지 못한 희열을 느꼈다. '그래, 이게 바로 음악이지!'하는 생각이 머릿속을 스쳤다. 음악은 나이와 공간을 초월해 마음으로 통한다고 했던가. 물론 이는 나 혼자의 능력 때문이 아닌 연륜 있는 대선배님들의 편곡이 있었기에 가능한 것이었다. 다시 한번 '경지에 오른 사람들은 확실히 다르구나' 하는 생각이 들었고, 나도 그들과 어깨를 나란히 할 수 있게 더더욱 정진하자는 마음가짐을 새로이 하게 되었다. 녹음을 진행하면서 몇몇 곡들은 영상도 함께 찍었는데, 이는 내 유튜브에도 공개되어 있다. 영상을 보면 그때의 녹음 환경이 어땠는지, 얼마나 재밌게 녹음을 했는지가 모두 담겨있다. 이렇게 총 다섯 명의 기타리스트와 함께한 듀엣 앨범 녹음을 마치고 두 개의 앨범을 품에 안고 스튜디오를 떠났다. 음악은 혼자 할 때도 그 나름대로의 의미가 있지만, 이처럼 함께할 때의 장점은 너무나도 크기에 나는 다른 사람과 함께 음악 하는 것을 좋아한다.

〈Irony〉 with Rynten Okazaki

나의 학창시절은
항상 기타와 함께였다

앨범 발매 후에 동남아시아 쪽으로 투어를 많이 다녔다. 필리핀, 인도네시아, 말레이시아, 베트남, 태국, 싱가포르… 매해 방문한 국가가 많았다. 그곳을 자주 가게 된 이유는 그곳이 나의 팬층이 다른 나라에 비해 두텁기 때문이다. 한국보다도 말이다. 한국에서는 거리를 돌아다녀도 나를 알아보는 경우가 드문데 이런 다른 아시아 국가들에서는 거리를 돌아다니면 나를 알아보는 팬분들이 정말 많다.

내가 이런 팬층을 가지게 된 데에는 한류 열풍의 영향이 있었다. 지금도 그렇지만 당시에는 동남아시아 국가들에서 한국의 아이돌 그룹들이 상당한 인기를 얻기 시작할 때였고, 그렇기 때문에 한국 사람들에 대한 관심도가 무척 올라갔었다. 그때 나는 노래나 춤을 추진 않았지만 기타 연주만으로도 사람들의 이목을 끌기 충분했고, 많은 한류의 팬분들이 내 연주를 좋아해주면서 자연스레 내 인기도 한류 열풍과 더불어 올라가게 되었다. 그래서 이런 나라에 투어를 갈 때면 항상 팬클럽에서 공항에 마중을 나와주곤 한다. 그럴 때마다 내가 인기 스타가 된 것 같은 느낌도 들지만 한편으론 내가 뭐라고 이렇게 먼 공항까지 마중을 나와주시나 하면서 멋쩍기도 하다.

그 나라 공항에 도착해서 입국 수속을 밟고 게이트를 나가면 팬분들이 플래카드를 들고서 뜨겁게 맞이해준다. 한 분, 한 분께 사인해드리고 사진도 찍고 나면 호텔로 가는 차에 올라타서 내일 공연장에서 보자는 인사와 함께 헤어진다. 공연 당일에도 어떤 팬분들은 공연 전에 먹을 도시락을 챙겨주기도 하고, 환영 인사 겸 대기실을 풍선과 현수막으로 꾸며주기도 한다.

어떤 날은 내 생일날과 공연이 겹칠 때 내가 깜짝 이벤트를 받기도 했다. 무대 위에서 마지막 곡이 끝났는데 갑자기 팬분들의 생일 축하노래가 울려 퍼지더니 한 분이 생일 케이크를 무대 위로 가지고 올라오셨다. 그게 태국 공연 때였는데, 아직도 내 무대 위에서 일어났던 에피소드들 중에 가장 기억에 남는 일이다. 나는 생일 축하를 받은 답례로 앵콜곡으로 서툴게 노래를 불렀다. 나는 보컬은 타고나지 않았지만 내가 부르는 노래를 팬분들은 항상 좋아해주셨다. 그래서 종종 이벤트 형식으로 마시막에 노래를 짧게 한 곡 부르곤 하는데, 많은 팬분들께서 오히려 기타 칠 때보다 더 좋아해주신다. 그 뒤로 노래 연습도 열심히 해서 노래 부르는 모습을 종종 유튜브에 올리고 있다.

가끔은 도시 말고도 휴양지로 공연을 가기도 했다. 대표적으로 인도네시아의 유명한 휴양지 '발리'였는데, 인도네시아는 조그마한 섬들이 많은 섬나라였고 비행기가 아니면 도시간의 이동이 쉽지 않아 접근성이 좋지 않았다. 그중 대여섯 개의 도시를 2주 동안 돌면서 투어를 다녔다. 그중 발리가 있었고 그곳에서는 조금의 휴양을 보내기도 했다. 멋진 바다를 구경하며 랍스터를 즐기기도 하고, 여러 유명한 관광 스팟을 돌며 공연 중간에 휴식을 취하기도 했다.

보통 이런 2주 가까이 되는 장기투어의 경우엔 이렇게 중간중간 쉴 수 있는 일정을 끼워 넣는 편이다. 아무래도 잦은 이동으로 많이 지쳐있고 매일매일이 공연의 연속이다 보니 체력적으로 한계가 올 수 있으니 말이다. 이런 휴식을 취하고 있으면 다시금 힘을 내서 투어를 재개할 수 있게 되고 내가 일을 하는 데 있어서 활력소가 되기도 한다. 이 또한 내가 일을 하면서 이 일에 지치지 않게 만들고 힘들지 않게 만드는 방법 중 하나다. 비단 나뿐이 아니라 여러 가수들이 투어를 할 때 빡빡한 일정에 지치고 번아웃이 오는 경우가 정말 많다. 물론 회사 입장에선 짧은 기간 내에 최대한 많은 공연을 해야 수익이 보장되니 그렇게 하는 게 이해는 되지만 나는 장기적으로 보면 그런 것들이 독이 될

동남아시아 투어

수 있다고 생각한다. 그래서 조금은 손해를 보거나, 아쉬운 상황이 있어도 이 '워라밸'을 투어 중에도 맞추려고 한다.

그 외에 또 다른 특이한 이벤트가 하나 있었다. 말레이시아에서 'Borneo to The World'라는 어떤 브랜드의 광고를 나의 공연과 이벤트로 해보고 싶다는 제안이었다. 이벤트는 쿠칭 공항에서 열렸는데, 그때의 광경은 절대 잊을 수가 없었다. 2천 명이 넘는 인파가 내 이벤트를 보기 위해 몰렸는데, 보디가드 없인 이동할 수조차 없을 정도였다. 공연장이라고 부를 수도 없을 만큼 작은 소형 간이 무대에서 연주를 했는데, 앞뒤로 빙빙 둘러싼 팬분들께서 노래도 부르고 환호도 하면서 공연을 함께 해주셨다. 공연 후에는 플래시몹 이벤트도 있었는데, 난생처음으로 현지에서 춤을 연습하고 함께 플래시몹에 참여하기도 했다. 공항을 떠날 땐 내 옷자락을 붙잡는 팬분들도 많았고 출국하기 전까지 떠나지 않는 분들도 많았다. 내 인생에서 아마 다시는 없을 만큼 굉장하고도 특별한 이벤트였다.

그렇게 평범한 학생이었다면 고등학교에 다니고 있었을 나의 3년은 여러 나라를 투어하며 팬분들을 만나고 국내에서도 꾸준히 행사와 공연을 하며 활동의 연속이었다. 그 와중에도 앨범을 한 장씩 발매하며 창작도 소홀히 하지 않았고, 유튜브 활동도 지속했다. 그 결과 2년 만에 구독자가 100만 명이 올랐고, 자연스레 내 인지도도 오르고 핑거스타일 시장도 활발해졌다.

정말 쉴 틈 없이 달렸다. 내가 휴식이 필요하다고 느끼지도 못할 만큼 빠르게 그리고 정신없이 달렸다. 그런 상태에서도 나의 이야기를 또다시 내 음악에 담으려 노력했고 그렇게 내 10대의 마지막을 장식할 앨범 〈모노로그〉를 작업하게 되었다. 이 앨범은 사람들에게 가장 많은 사랑을 받은 앨범으로 불리기도 한다. 그전 앨범들에 비해 다채로워졌고 내 이야기를, 어쩌면 나자신을 노래에 담는 방법을 점점 터득해나가던 시기였다고 생각한다.

나는 내가 사랑하는 것들이 뚜렷하게 있다. 바로 밤과 별이다. 항상 새벽에 작업하며 밤하늘을 올려다보는 것을 사랑하고, 항상 그런 것에 대한 환상이 있었다. 그리고 그런 내가 사랑하는 이미지들을 내 연주로 표현하고 싶은 욕망이 있었다. 그 첫 번째 곡이 이 앨범에 실린 타이틀 곡 〈The Milky Way(은하수)〉라는 곡이다. 은하수의 이미지를 직접 눈으로 본 적은 없지만 항상 내가 상상하던 은하수를 곡으로 표현했다. 어쩌면 처음으로 정말 내가 하고 싶은 이야기, 그리고 보여주고 싶은 풍경을 곡으로 표현한 곡이었고 그 감성을 나의 팬분들도 알아주셨는지 많은 분들이 이 곡을 사랑해주셨다. 특히 이 앨범에서 총 12곡 중에 편곡은 단 한 곡으로, 다른 곡들은 전부 내가 만든 자작곡으로 이루어졌다.

그렇게 만든 곡들을 갖고서 이번에는 국내 스튜디오에서 녹음을 하게 되었다. 타국이 아닌 우리나라에서 녹음을 하니 무엇보다 편했고, 이때도 나의 녹음을 맡아준 엔지니어님 역시 굉장히 유명하고 능력 있는 분이어서 흡족할 만한 결과물을 만들어낼 수 있었다. 보통은 기타 녹음을 할 때에 두세 대의 마이크를 사용하곤 하는데, 이때는 여섯 대 마이크를 여러 공간에 배치해서 특이한 방식으로 녹음을 진행했다. 그래서 이제까지 내가 발매한 앨범과는 다르게 좀 더 풍부하고 드라마틱한 사운드를 들을 수 있다. 녹음 후에 진행하는 믹싱, 마스터링도 음원의 소리를 결정짓는데, 이 또한 사람마다 하는 방식이 달라서 조금씩 차이가 있다. 그동안은 항상 해외에 녹음뿐 아니라 믹싱, 마스터링까지 소싱해왔기 때문에 이번 〈모노로그〉 앨범 작업에 대한 우려가 컸는데 예상보다 좋은 결과물이 나왔고, 무엇보다 조력자 없이 내가 혼자 프로듀싱하고 만든 앨범이었기에 의미가 남다르다고 할 수 있다.

그리고 〈모노로그〉 앨범을 준비하면서 내 생에 처음으로 뮤직비디오를 찍게 되었다. 기타만 연주하는데 무슨 뮤직비디오냐, 라고 묻는 사람들이 많을 것이다. 내가 찍은 뮤직비디오는 연주영상 위주로 그 곡에 담긴 메시지나 이야기를 배경 삼아서 표현하는 식으로 풀어나간다. 뮤직비디오는 타이틀곡 〈The Milky Way〉를 포함해 네 곡의 영상을 찍었는데, 특히나 이 타이틀곡에 힘을 많이 주었다. 곡의 콘셉트대로 내가 이 곡을 통해 표현하고자 하는 은하수의 느낌을 표현하고 싶었는데, 감독님이 곡을 잘 이해해주신 덕분에 멋진 영상이 만들어질 수 있었다. 마치 은하수들에게 감싸져서 기타를 치는 것 같은 그림과 곡의 드라마틱한 전개에 따라 낮에서 밤으로 바뀌는 연출로 말이다. 이 앨범과 뮤직비디오가 릴리즈되고 난 후에 앨범은 물론 뮤직비디오까지 많은 사랑을 받았다. 그리고 이 앨범과 함께 다시 또 많은 나라들을 다니며 새로운 곡들로 공연을 했고, 내 10대의 마지막 해를 마무리했다.

〈The Milky Way〉

대학에 대한
고민들

　성인이 되고 나서 나의 진학에 대한 문제가 다시 한번 제기
됐다. 처음엔 국내 대학 진학을 생각했다. 고등학교를 다니지 못
했던 나는 학창시절에 대한 그리움이 여전히 마음속에 남아 있
었고 또래 친구들과 함께 캠퍼스 라이프를 즐기고 싶은 마음이
컸다. 하지만 국내 대학에 진학하려면 준비해야 할 것들이 너무
나도 많았고, 그걸 준비하기엔 이미 잡혀있던 투어가 많았기 때
문에 현실적으로 어려운 상황이었다. 그래도 방법이 없을까 싶
어 여러 음악업계 선배님들을 만나 뵈면서 조언을 구했는데, 놀
랍게도 대부분 선배님들의 답변은 이러했다.

　"너는 대학 갈 필요 없어."

뮤지션들의 공통적인 목표는 음반을 내고 활동하며 생계를 유지하며 살아가는 것인데 나는 이미 그런 것들을 하고 있었기 때문이었다.

더구나 국내 대학은 내가 들어갈 수 있는 과가 실용음악과 밖에 없었는데, 이 학과에 대해선 부정적인 의견이 많았다. 보통 세션을 하기 위해 실용음악과를 진학하는 경우가 많았는데, 내가 하는 분야는 세션이 아니다 보니 오히려 부작용이 날 수 있다는 우려가 있던 것이다. 세션은 다른 뮤지션의 곡을 그들이 원하는 입맛대로 표현해서 연주해야 하고, 이렇게 하다 보면 자신만의 색깔이 없어질 수도 있다는 것이다. 그렇다고 다른 과를 지원하자니 한국뿐 아니라 전 세계적으로도 핑거스타일로 갈 수 있는 학과가 없어서 불가능한 일이었다. 그래서 19살의 나는 참 고민이 많았다. 우리 부모님도 그랬을 것이다. 그때 어느 선배님께서 이런 말씀을 해주셨다.

"너는 이미 많은 뮤지션들의 꿈을 실현하고 있어.
남들 시선 신경 쓰지 말고, 성하 네가 하고 싶은 대로 해.
음악은 네가 하고 싶은 대로 하는 것과 너 자신을 잃지 않는 것이 제일 중요해."

그런 조언을 들으니 내가 나아가야 할 방향이 뚜렷하게 보이는 듯했다. 난 일단 자유롭게 음악을 하고 싶었다. 어느 한 곳에 얽매이지 않고 내가 하고 싶은 음악을 자유롭게 하고 싶었다. 그런 나에게 국내 대학의 선택지는 어울리지 않았다. 그렇게 나는 해외 대학으로 눈을 돌렸다. 가장 먼저 눈에 들어온 건 많은 국내 뮤지션들이 다녔던 보스턴의 버클리 음대였다. 버클리 음대는 학비가 많이 들지만 대신 음악적인 시야를 넓히는 데 매우 도움이 될 것 같았다. 솔로 연주만 하며 활동하던 나에게 앙상블 같은 합주 경험은 분명 필요한 것들이었고, 이 해외 음대로의 진학은 그런 점에 있어서 좋은 방향으로 나에게 작용할 것이었다. 하지만 어렸을 때부터 숱한 해외 투어를 다녔던 탓인지 나는 해외에서 사는 것에 대한 로망이 없었다. 우리나라에서 살고 지내는 것이 가장 편했고, 타지로 일을 하러 가는 것은 좋지만 그곳에서 사는 것은 꺼려했다. 그건 지금도 마찬가지다. 그래서 방법을 모색한 결과 '서울재즈아카데미'라는 곳이 버클리 음대와 자매결연을 맺어 이곳에서 일정 학점을 먼저 이수하고 나면 버클리 음대로 넘어가는 방법이 있다는 것을 알게 되었다. 서울재즈아카데미에서의 과정은 약 1년 6개월 정도 되었고 그 이후에 버클리 음대 입학 오디션을 보고 보스턴으로 넘어가서 학교를 다니며 남은 학점을 이수하고 졸업하고 오면 되는 커리큘럼이었다. 대학을 가는 것 이상으로 독립을 하고 싶었던 나는 이 방안이 좋겠다고 부모님께 강력하게 어필했고 결국 내 바람대로 되었다. 19살의 겨울에 서울에 올라와 아카데미와 가까운 곳에 오피스텔을 구했다. 사실 아들과 함께 있는 시간을 좋아하시던 우리 부모님은 이제는 아들과 떨어져 지내게 되어 많이 아쉬워하셨다. 하지만 엄마는 직장이 청주에 있었고, 동생도 아직 중학생이었던 터라 온 가족이 서울로 올라오기란 무척 어려운 일이었다. 더군다나 나는 대부분의 학생들이 그렇듯이 혼자 사는 것이 항상 로망이었기 때문에 "엄마 괜찮아! 아들 혼자 잘 지낼 수 있어!"라는 말을 반복하며 필사적으로 혼자 독립하려고 했었다. 결국 아카데미가 개강하기 한 달 전쯤 나는 짐을 싸 들고 혼자 서울로 올라왔고, 바야흐로 꿈에 그리던 나의 스무 살의 서울 자취 라이프가 시작되었다.

3장

아티스트로 향하는 길

독립 그리고
서울재즈아카데미

　내가 처음 입주한 오피스텔은 약 12평 남짓 되는 작은 투룸이었다. 그곳에서 혼자 생활하기 시작하며 요리도 배워보고 여러 집안일을 혼자 처음으로 하게 되었다. 생각보다 귀찮다거나 힘들지도, 외롭지도 않았다. 나는 막 대학에 입학한 여러 친구들을 초대해서 함께 놀기도 하고 밖에서 밤늦게까지 놀다가 들어오기도 했다. 그야말로 무한한 자유를 얻은 기분이었다. 그렇게 한동안은 기타는 잠시 뒷전으로 하고 독립한 기분을 만끽하며 놀기 바빴다. 혼자 살면서 깨달은 건 난 정말 독립적인 사람이구나 하는 것이었다. 처음엔 혼자 살기 시작해서 좋았다가 점점 적적하고 외로운 기분을 이기지 못하고 다시 본가로 들어가 가족들과 사는 사람들이 있는가 하면 나처럼 혼자 있어도 외롭지 않고 오히려 혼자인 게 평온한 사람이 있다. 내가 왜 그동안 그토록 독립을 갈망해왔는지 알 것 같았다.

서울재즈아카데미를 다니기 전까진 그렇게 놀며 혼자 사는 것에 천천히 적응해나가고 있었다. 그리고 어느덧 개강일이 다가왔다. 자취 집에서 버스 두 정거장 정도 거리에 있는 곳이었다. 처음 가자마자 아카데미 지하에 있는 공연장에서 입학식을 했는데, 정말 다양한 사람들이 있었다. 누가 봐도 40대 이상으로 보이는 나이 있는 사람들도 있었고, 앳되어 보이는 어린 친구들도 꽤 많았다. 그중에서 신기하게도 내 옆자리엔 동갑내기인 친구가 앉아 있었다. 입학식이 끝난 후 우리는 아카데미 1층에 있는 카페로 가서 함께 이야기를 나눴다. 그 친구는 대학교를 다니다가 휴학한 뒤에 재즈를 배우고 싶어 이 아카데미에 왔다고 했다. 그런데 그 대학교가 누구나 인정하는 명문대였고 학과도 음악과는 전혀 상관없는 전공이었기 때문에 나는 그가 어떻게 그 학과에 들어갔고 지금은 왜 음악을 배우려고 하는 것인지 궁금했다. 들어보니 부모님의 반대가 있었다. 지금까지 내가 봐온 이 친구는 나만큼이나, 아니 나 이상으로 음악을 사랑하는 친구였다. 특히 재즈에 관한 애정이 너무 커서 항상 어딜 가든 음악을 달고 사는 친구였다. 그런 친구가 제대로 음악을 하기 위해, 부모님의 동의를 얻기 위해 일단 부모님이 원하는 대학으로 진학하고 그 뒤에 음악을 한번 배워보겠다고 말씀을 드려서 이 아카데미에 오게 된 것이었다. 난 그 친구의 이야기가 나에게 정말 크게 와 닿았다. 많은 부모님이 자식이 예술을 하는 것을 반대하기 때문에 대부분의 사람들은 거기서 꿈이 한번 크게 좌절된다. 그리고 거기서 꿈을 영영 포기하게 되는 사람들이 많다. 하지만 그 고비가 이 친구에게는 중요하지 않았다. 어떻게 보면 부모님을 설득시킬 수 있는 가장 똑똑한 방법을 쓴 것이다. 열심히 공부해서 본인이 원하는 분야가 아니더라도 부모님이 원하는 대로 대학에 진학했고, 그제야 본인이 이룬 것을 내밀며 하고 싶은 것을 말했다. 그렇게 부모님의 허락을 받아 휴학을 내고 음악을 배우기 위해 아카데미로 온 것이다. 사실 그때 우리의 나이 스무 살이면 음악을 배우기가 조금 늦은 나이였을 수도 있다. 세상엔 언어를 배우기 시작할 때부터 음악을 배우는 영재들도 많고 10대 때부터 재능을 드러내며 일찍이 음악을 시작한 사람들도 많기 때문이다. 하지만 이 친구는 그런 것에는 개의치 않았다. 나는 그때 열정만 있으면 무엇이든 할 수 있다는 것을 이 친구를 보고 깨달았다.

아카데미는 방대한 양의 내용을 1년 동안 압축해서 가르쳐주는 방식으로 강의가 진행되었다. 그렇기 때문에 진도를 따라오지 못한 사람들이 대부분이었고, 결국 졸업할 때쯤 되면 80% 이상의 수강생들이 모습을 감춘다. 하지만 내 동갑내기 친구는 나와 함께 끝까지 남아있었고 함께 졸업했다. 그리고 그 친구는 현재 미국으로 넘어가 또다시 음악을 하는 중이다. 여러 클럽을 다니며 현지 재즈 뮤지션들의 공연을 보고 배우며 무대에 서고 그의 활동 반경을 넓히는 중이다. 어떤 활동 기반도 없이 무작정 넘어가서 맨땅에 헤딩을 한 것인데, 이런 배짱과 결단도 중요하다는 것을 느꼈다. 자신이 하고 싶은 일이 있다면 이 친구처럼 영리하게, 또 어떨 땐 무모하게 부딪혀야 한다고 생각한다.

이렇게 대학을 다니다 휴학하고 오는 내 또래의 사람들이 있는 반면, 고등학교를 자퇴하거나 진학하지 않고 곧바로 음악을 배우기 위해 오는 친구들도 있었다. 여기서 내가 본 것은 대다수가 큰 계획 없이 무작정 음악을 배워봐야겠다 하고 오는 친구들이 많았다는 것이다. 그냥 음악이 좋고 나중에 음악을 하며 먹고 살 수 있으면 좋을 것 같아서, 아무 계획 없이 일단 온다. 하지만 장담컨대 그런 애매한 마음가짐으로는 음악이 아닌 그 어떤 분야라도 잘할 수가 없다. 실제로 그런 학생들 대부분은 학기 중간에 버티지 못하고 그만두었다. 돈은 돈대로 버리고 배운 것도 없이 1년이란 시간이 그냥 사라지는 것이다. 앞서 말했듯이 이 아카데미의 강의가 굉장히 많은 내용들을 1년 기간 안에 압축해서 가르치는 커리큘럼이라 배운 것들을 하나하나 메모하고 집에 가서 복습하지 않으면 그 자리에서 잊어버리게 된다. 내가 느낀 바로는 이곳에서 배운 것들을 의미 있게 쓰려면 내 것으로 만드는 노력이 필요했다. 나는 항상 수업을 듣고 배운 것이 있으면 집에 가서 기타 연주에 적용해보고 외울 것이 있으면 외우고 또 정말 중요하다 싶은 것은 수업 내용을 녹음해서 다시 들어보기도 했다. 이런 복습 과정이 없으면 그다음 수업을 따라갈 수가 없었다. 그래서 기타과가 처음엔 정원이 스무 명이 넘었는데 졸업할 때 되니 겨우 네다섯 명 남짓 되는 사람들만 남게 되었다. 이는 기타과뿐 아니라 다른 과들도 마찬가지였다. 무언가 뚜렷한 계획이나 목적이 없다면 내가 나아가야 할 방향을 상실하고 결국 그 시간들을 내다 버리는 결과를 낳게 된다. 아무리 내가 좋아하는 일이더라도 무작정 시작만 하면 된다는 생각은 버리고 그 목표치를 세우는 것이 매우 중요하다. 끈기와 열정을 가지고 악착같이 버티며 그 목표치를 달성하려 하는 노력을 해야 한다. 많은 사람이 일 년간 얻은 것 없이 어찌어찌 시간을 보냈겠지만 나는 그 1년 동안 배운 것이 너무나도 많다. 비단 내가 특출나서 그렇다는 것이 아니다. 같은 수업을 듣고 같은 것을 배우더라도 어떤 마음가짐으로 임하고 어떤 목표를 세우고 접근하느냐가 내가 얻는 것들의 양을 결정짓는다. 하지만 많은 사람이 그걸 알고는 있어도 실천으로 옮기지 못한다.

아카데미 수강생 중엔 10대 학생들뿐 아니라 40대가 넘는 사람들도 있었다. 그중 어떤 분은 대기업에 취직해서 꽤 오래 근무하시다가 음악에 대한 뜻을 끝내 버리지 못하고 배우러 들어오신 분도 계셨다. 그분께서 말하길 "부모님의 가슴에 대못을 박고 왔다"고 했다. 많은 사람이 부러워하는 대기업에 근무하면서 그냥 그대로 안정적인 삶을 살 수도 있었는데, 이분은 원래 자신의 꿈을 포기하지 못한 것이다. 그래서 부모님의 만류를 뿌리치고 음악을 시작하게 되었다. 이분뿐만 아니라 30대의 대부분 사람들은 원래 직장이 있었는데 사표를 내고 오신 분들이었다. 나는 그걸 보고 확실히 알게 됐다. 꿈에 나이는 중요하지 않다는 것을. 설령 어렸을 때 꿈을 접고 회사에 들어가 안정적인 삶을 살더라도 결국 그것을 완전히 버리지 못하는 사람이 많구나. 그리고 그것을 실천에 옮기는 결단력 있는 사람들도 굉장히 많구나. 누군가는 그 나이 먹고 한심하다고 욕할지도 모르나 적어도 나에게 있어선 그 사람들이 너무나도 멋있어 보였다. 자신이 좋아하는 일을 하며 사는 것이 얼마나 행복한 일인지 너무나도 잘 알기에. 인생 선배님으로서도 존경스러웠고 그들을 응원했다.

이 서울재즈아카데미에서의 과정을 잠깐 소개하자면, 앞서 말했듯이 1년 6개월 정도 되는 과정을 끝내고 나면 버클리 음대의 일정 학점을 인정해주는 시스템이다. 여기서 1년은 정규과정이고 남은 6개월 정도가 버클리 음대로 진학하기 위한 '빈트랙'이라고 불리는 수업들이었는데, 우선 나는 1년 정규과정의 졸업을 목표로 아카데미를 다니기 시작했다. 아카데미에서는 정말 다양한 수업이 체계화되어 있었다. 따분하다고 느껴질 수도 있는 이론 수업부터, 각 악기과마다 전공 선생님이 세 분 이상 계셨고 청음 수업은 물론이고 음악에 대한 역사를 배울 수 있는 시간들까지 있었다. 대학 다니듯이 매일 강의가 있었고 분기마다 시험이 있었기 때문에 그 방대한 양의 수업을 모두 들으면 꼭 집에 가서 복습해야 했다. 나로서는 한 번도 정식으로 음악을 배워본 적이 없었기 때문에 모두 처음 접하는 것들 투성이었고 그것들이 어렵게 다가오기도 했지만 오히려 재미가 더 컸던 것 같다. 내가 그동안 다른 아티스트들의 곡들을 편곡하며 연주했던 많은 것들이 음악 이론을 배우면서 왜 그렇게 만들어졌는지를 이해하게 되었고, 내가 좋아하는 밴드나 가수들 그리고 내가 좋아하는 음악 장르들의 뿌리와 역사까지 알 수 있어서 나에게는 유익하지 않은 강의가 단 한 개도 없었다.

특히 내가 주로 연주하던 핑거스타일과는 완전히 다른 장르들을 이곳에서 배울 수 있었다. 전공 시간에 주로 배웠던 것들은 재즈를 기반으로 한 즉흥연주에 초점이 맞춰져 있었다. 그 즉흥연주를 하려면 이론을 필수로 알아야 했고, 코드 톤Chord Tone과 스케일Scale 등을 외워야 했다. 이런 과정이 생각보다 복잡하고 많은 노력이 필요했기에 대부분 접근하기 힘들어한다. 그래서 다들 재즈를 어려운 분야라고 많이 생각한다. 나 역시 이 아카데미를 다니기 전까진 정확히 어떤 방식으로 이것들을 응용해야 하는지 몰랐고 어떻게 곡에 적용해야 하는지도 몰라서 그동안 하지 못했다. 하지만 이곳에 다니면서 그 방법들을 터득하고, 내 연주에 적용하기 시작했다. 한 번 혈이 뚫리니 많은 것들이 단번에 이해가 갔고 재즈라는 분야가 급속도로 재밌어졌다.

　그렇게 배우고 나서는 나는 여기서 그치지 않고 내가 연주하는 핑거스타일에 적용해보게 되었다. 내 유튜브 영상들을 쭉 보고 있으면 딱 이 때가 나의 과도기 혹은 어떤 전환점이었다고 생각이 들 것이다. 이때를 기점으로 원곡을 있는 그대로 연주하지 않고 다양한 변주를 하기 시작했다. 곡의 코드 진행을 내가 원하는 대로 막 바꿔버리는가 하면 원래 있던 멜로디를 없애고 내가 만든 즉흥 솔로로 채워 넣기도 했다. 이때 나는 많은 생각이 들었다. 원곡의 느낌을 살려서 편곡하는 것은 전혀 어렵지 않다. 이것은 내가 아닌 그 누구더라도 훈련되어 있는 연주자라면 한두 시간 안에 뚝딱 편곡할 수 있다. 하지만 이때 나는 그것이 좋은 방향이 아니라고 생각했다. 아무리 원곡이 있는 편곡이라 할지라도 편곡하는 사람에 따라 곡이 다르게 해석될 수 있는 것이 음악의 매력이라고 보았다. 그렇기 때문에 모두가 좋아할 수 있으면서 내 개성을 담는 편곡 방식이 무엇일까 하고 많이 고민하게 됐다. 원곡 그대로 연주하면 개성이 없다고 하는 사람들이 있고, 개성을 담아 연주하면 원곡의 느낌이 사라져 싫어하는 사람들이 있다. 일종의 딜레마다. 그러다가 결국 내가 내린 결론은 최대한 많은 스타일을 시도해보자였다. 아직 나는 갓 스무 살이 된 어린 뮤지션이고 앞으로 실패하는 순간이 있을지라도 일단은 많은 것들을 시도해보는 것이 좋을 것 같다고 느꼈다. 그래서 사

람들의 반응을 신경 쓰지 않고 여러 방향으로 편곡을 시도하기
시작했다.

Ed Sheeran의 〈Photograph〉 커버

내 음악의 변화

편곡에 대한 고민을 하다 보니 자연스레 작곡에 대한 고민도 하게 됐다. 내가 스무 살에 낸 앨범이 있는데, ⟨Two of Me⟩라는 혼자서 연주한 듀엣 앨범이다. 대부분이 듀엣곡으로 구성되어 있는데, 다른 누군가와 함께 연주한 것이 아니라 혼자 녹음한 앨범이다. 본래는 아키히로와 함께 듀엣 앨범을 만들기 위해 작곡한 듀엣곡들이었는데, 여러 사정으로 인해 듀엣 앨범 계획이 무산되었고, 그 곡들을 버릴 순 없으니 솔로 앨범으로 만들자고 아빠가 의견을 내셨다. 그래서 탄생하게 된 앨범이다. ⟨Two of Me⟩는 사실 내 마음에 드는 앨범은 아니다. 애당초 솔로 앨범으로 계획하고 만든 곡들이 아니었고, 무엇보다 더 큰 이유는 서울재즈아카데미를 다니며 여러 장르를 접하고 이론 같은 것들을 배우고 나니 내가 만든 곡들이 너무나도 유치해 보였다. 나의 기존 앨범들을 듣고 있으면 '아, 여기에선 이렇게 연주했어야 했는데' 혹은 '이 곡은 처음부터 끝까지 뜯어고칠 게 많네' 하는 생각이 들었다. 그래서 이번 앨범을 만들면서 내가 추구하는 음악의 방향성과 내가 아카데미를 다니며 배운 것들을 어떻게 조화롭게 나의 것으로 녹여낼 것인지에 대해 생각했다. 이제 여러 코드 진행들이 어떤 방식으로 흘러가고 또 멜로디를 어떻게 만드는 것이 더 좋은지에 대한 방법을 터득한 나는 작곡을 하는 방식이 예전과는 180도 달라졌다. 그런 방법들을 알게 되니 내가 원하는 멜로디의 방향과 곡의 느낌을 더 잘 표현할 수 있었다.

그렇게 아카데미를 다니면서는 이전과는 완전히 다른 곡들을 쓰기 시작했다. 그 곡들로 만든 앨범이 바로 〈L'Atelier(라뜰리에)〉라는 앨범이다. 라뜰리에는 프랑스어로 미술인의 작업실을 뜻한다. 이 제목은 화가들의 작업실을 내가 작업하는 공간이라고 생각했을 때 내 작업실은 이런 느낌이지 않을까 하는 상상을 하며 지어본 타이틀이다. 그리고 그런 작업실에서 내가 곡을 쓰고 연주하는 느낌을 표현했고, 앨범 편곡도 이런 나의 이미지에 맞는 그림으로 내가 인스타그램을 통해 알게 된 어떤 그림 작가에게 의뢰해서 만들게 되었다. 이렇게 처음으로 내가 디자인과 콘셉트에도 참여하게 된 앨범이 바로 이 〈L'Atelier〉다. 그런 나의 많은 노력과 고민들로 만들어진 이 앨범은 결과적으로 대성공했다. 팬분들도 나의 바뀐 음악 스타일에 호평을 해주셨고, 전체적으로 피드백이 좋았다. 어떤 팬분께서는 "어디서 깨달음을 얻은 것처럼 음악이 너무나도 달라졌고, 또 더 좋아졌다"라고 코멘트를 남겨주셨다. 이 음악적 지식과 경험이 나의 어떤 빈 공간을 채워준 느낌이었고 내가 기타리스트로서 성장하면서 가로막고 있던 거대한 벽 하나가 허물어진 느낌이었다. 여전히 갈 길은 멀었지만, 꿈을 향해 크게 한걸음 나아간 느낌이 들었다.

⟨L'Atelier⟩

아카데미에선 이론 수업에서도 배울 것이 많았지만 과정 후반부에 앙상블이라는 클래스도 정말 도움이 많이 되었다. 앙상블 클래스는 말 그대로 혼자 연주하는 게 아닌 다른 전공 악기를 다루는 사람들과 합주를 하는 수업이다. 보통 많이 볼 수 있는 밴드의 구성 악기인 기타와 베이스, 키보드, 드럼, 보컬이 함께 장르별로 듣고 싶은 앙상블 수업을 듣는 시스템이다. 나는 팝&블루스 수업과 펑크 수업을 들었다. 밴드를 꾸렸을 때 가장 하고 싶은 장르였다. 여러 가지 음악을 들어보며 곡을 정하고 매주 함께 맞춰보고 연주하면 선생님이 들어보시고 피드백을 주셨다. 또 직접 시범을 보이며 알려주시기도 하고 선생님과도 함께 합주를 하기도 했다.

　이렇게 앙상블 수업을 들으며 배운 점은 첫 번째로 다른 악기들과의 호흡이다. 모두 일정한 템포로 밸런스를 무너트리지 않으면서 호흡을 맞추며 연주하는 것이 기본 중의 기본이다. 솔로로 연주할 땐 내기 원히는 대로 템포를 늦췄다가 당겼다가 해도 별로 문제가 될 것이 없지만 합주에선 문제가 된다. 서로 눈빛을 교환하며 연주하는 것 또한 공연할 때 시너지를 내기도 한다. 두 번째는 밴드 편곡이다. 여러 명이 합주할 때 어느 한 악기가 너무 튀거나 존재감이 없으면 곡에 따라 문제가 생기기도 한다. 어떤 한 곡을 밴드의 구성으로 편곡할 때, 아무래도 여러 악기가 같이 연주되다 보니 신경 써야 할 것들이 훨씬 많다. 악기 하나의 편곡만 변화를 줘도 밴드 사운드 자체의 느낌이 바뀐다. 그래서 서로 조율을 하며 최적의 사운드를 찾는 것이 중요하다. 우리 팀은 주로 한 사람이 주도해서 편곡을 하고 각자 악기 파트들이 원하는 편곡 방향을 제시하며 곡을 정리하곤 했다. 곡마다 어떤 악기가 메인이 될 것인지, 또 곡 중간 어떤 파트에선 어느 악기를 빼고 분위기를 바꿀 것인지 등 편곡에 있어 경우의 수가 무한히 많다. 내가 핑거스타일로 편곡할 때는 할 수 없는 편곡을 밴드에선 할 수 있었고, 이렇게 여러 곡들을 함께 하다 보니 내가 그동안 알지 못했던 세계에 눈을 뜨게 된 느낌이 들었다. 혼자 공연하거나 다른 기타리스트들과 함께 공연하는 것과는 또 다른 차원의 느낌이었다. 꽉 찬 사운드에 몇 달간 함께 합을 맞춘 사람들과 눈빛, 감정 등을 공유하며 무대 위에서 즐기는 것이 꼭 내가 어렸을 때부터 동경하던 여러 밴드들의 멤버가 된 것 같은 기분이 들었다. 그렇게 진행된 앙상블 클래스와 공연은 나에게 또 다른 길의 가능성을 열어주었다.

Stevie Wonder의 〈Superstition〉 편곡 합주

아카데미 수업이 끝나고 나면 함께 강의를 듣는 형, 동생들과 놀기도 하고 아카데미 내에 있는 연습실에서 합주하며 시간을 보냈다. 정확하게는 대학은 아니었지만, 꼭 대학교에 다니는 것 같은 기분이 들었고 실제로 1년간 아카데미를 다니며 얻은 것들은 음악적으로도, 내 인생에 있어서도 말로 다 표현할 수 없을 만큼 값진 것들이었다. 고등학교를 진학하지 못하고 바로 대학교에 다니지 못했던 나의 아쉬움을 달래주었다. 그런 내 가슴 속 빈 공간이 꽤나 채워졌기 때문인지, 나는 버클리 음대에 진학하고 싶은 마음이 어느샌가 사라져버렸다. 내가 항상 배우고 싶어 하던 것들을 이곳에서 배웠고, 짧지만 필요한 경험도 어느 정도 했다고 생각했기 때문에 더 이상 내가 학교에 가야 할 이유

가 없어져버린 것이다. 오히려 내가 얻은 것들로 새로운 음악을
만들고, 좀 더 생산적인 일을 하며 활동에 매진하고 싶은 마음이
들었다. 그래서 부모님께 버클리 음대에 진학하지 않고 활동을
이어 나가겠다고 말씀드리게 되었다. 부모님도 이해해주셨고 고
등학교와는 달리 대학교는 언제든 갈 수 있으니 나중에 정말 필
요할 때 가자고 하셨다. 그래서 1년간의 아카데미 정규과정을 끝
낸 후 졸업하고 나는 다시 이전처럼 해외 공연을 다니며 활동을
이어나갔다.

혼자 일어서기

십대 때와 달라진 점은 자취집에 혼자 살면서 하고 싶은 걸 마음껏 할 수 있다는 것이었다. 또 해외 투어처럼 큰 일정을 짤 때마다 꼭 아빠께 많이 의존했는데, 성인이 되고 나서는 내가 거의 모든 것을 넘겨받게 되었다. 어렸을 때부터 아빠가 모든 걸 도와주셨다 보니, 내가 내 일을 하면서도 내 일에 대해서 잘 몰랐고 답답한 부분도 많았다. 그때부터 항상 성인이 되고 나면 나의 일을 내가 주도적으로 할 수 있게 넘겨받아야겠다는 생각을 하게 됐다. 그래서 이런 나의 솔직한 마음을 아빠께 말씀드렸을 때, 처음에 아빠는 서운한 감정이 드셨던 것 같다. 아빠는 스스로 아들의 매니저 역할을 자처하셨고, 비즈니스뿐 아니라 음악적인 부분에서도 많은 영향을 주셨다. 그래서 아빠는 더 이상 아들을 위해 할 것이 없다는 생각에 힘들어하셨다. 하지만 나는 아빠는 이미 나를 위해 차고 넘칠 정도로 많은 것들을 해주셨다고 생각했다. 아빠가 없었다면 내 연주는 세상에 알려지지 못했을 것이고, 아무도 나를 알아주지 못했을 것이다. 아니, 그전에 내가 좋아하는 것이 뭔지 찾을 수 있었던 것도 모두 아빠 덕분이었다.

그래서 나는 실제로 아빠께 이렇게 고백을 했다.

"이제까지 해주신 것만으로도 너무 충분하고 감사합니다.
제가 이렇게 바르게 클 수 있었던 것도,
이처럼 홀로 일어설 수 있게 된 것도
모두 아빠 덕분입니다.
아직은 아빠께 도움 요청할 일들이 많습니다.
지금이 아니더라도 미래에 언젠가는 내가 해야 할 일들이니
일을 넘겨주는 것을 너무 서운해하지 말아주세요."

이처럼 아빠는 자신보다도 아들의 인생을 더 아끼고 지지해주셨다. 나는 이토록 서운해하는 아빠를 보며 '난 정말 훌륭한 부모님을 만났구나' 하는 생각을 다시 한번 깊이 하게 됐다.

우리 부모님은 늘 그러셨다. 아들과 딸이 하고 싶은 것들을 찾아주고, 그게 어떤 길이든 응원하고 서포트하겠다고. 때때로 자식이 잘못된 길로 나가려 할 땐 따끔하게 혼내시기도 했다. 그

마음이 너무 큰 나머지 가끔은 과한 행동을 하시다가 용서를 구하실 때도 있었다. 하지만 그렇게 스스로 잘못을 깨닫고 남에게 사과를 하는 것은 절대 쉬운 일이 아니다. 그런 점에서 우리 부모님은 달랐다. 부모님은 우리에게 뭔가 잘못하신 일이 있을 때면 늘 미안하다고 하셨고 고치려 노력하셨다. 그런 부모님을 보며 나도 나중에 자식이 생긴다면 꼭 우리 엄마, 아빠 같은 부모가 되고 싶다는 생각을 많이 한다. 자식이 올바른 성인으로 잘 성장하기 위해선 부모의 역할이 정말 크다는 것을 느끼면서, 나에게는 이토록 훌륭한 부모님이 계셨기 때문에 내가 이렇게 좋아하는 일을 찾았고 행복한 인생을 살 수 있는 거라고 생각한다. 그리고 그런 아빠께서는 나에게 채워진 안전벨트를 미래의 나를 위해서 풀어줄 줄 아는 분이었다. 그 덕분에 성인이 된 나는 이제 혼자 설 수 있게 되었다.

그 이후로는 공연이나 행사, 앨범 작업, 유튜브 촬영 등 많은 것들을 내가 혼자서 하게 되었다. 공연이나 행사 같은 외부 행사는 함께하는 매니저님이 계셔서 좀 더 수월하게 할 수 있었지만, 앨범 작업이나 유튜브 촬영은 거의 모든 걸 내가 만들고 관리하게 되었다. 처음 해보는 일들이 많아서 힘든 점도 많았지만 포기하지 않고 계속하다 보니 능숙하게 처리할 수 있게 되었다.

혼자 살게 되고, 일에 대한 모든 것을 직접 관여하게 되니 사실 나태해지기 쉬운 환경이었다. 뮤지션이란 출퇴근하는 직업도 아니고 일정한 기간 내에 어떤 성과물을 무조건 내야 하는 것도 없었다. 일을 하지 않는다고 뭐라고 하는 사람도 없다. 나는 그래서 그런 부분을 많이 신경 썼다. 투어나 공연이 잡히지 않은 달에는 앨범에 실을 곡들을 더 만든다던가 하면서 조금씩이라도 꾸준히 일을 했고, 무엇보다 나태해지지 않으려고 애썼다. 옆에서 채찍질을 해줄 사람이 없으니 처음엔 쉽지 않았다. 아카데미를 졸업하고 나서는 무언가 뚜렷하게 내가 이루어내고 싶어 하는 목표가 보이지 않았다. 내가 무엇을 하고 싶은지, 이제부터 무엇을 해야 하는지를 생각했다. 매일매일 아카데미를 다니며 수업을 들을 때는 해야 할 것이 명확했고, 하루하루가 바빠서 무언가를 이루어내고 있다는 생각이 들었었다. 하지만 그것이 사라지니 무언가 공허해진 느낌이 들었다. 그래서 나는 목표를 하나 세우자고 다짐했다. 그런 어떤 목표가 있어야 내가 더 열심히 하고 게을러지지 않을 것 같았다. 그리고 목표는 한 가지만 정하는 것이 아니라 세분화해서 짧은 시간 내에 이룰 수 있는 목표와 긴 시간을 들여야 이룰 수 있는 목표로 나눠서 정했다.

내가 당장 이때 세운 목표는 정규 7집 발매였다. 이 정규 7집을 그냥 이제까지 하던 식으로 내는 것이 아닌, 내가 아카데미에서 배우고 터득한 것들을 가지고 제대로 핑거스타일에 녹여내자고 생각했다. 스탠더드 재즈곡들부터 유명한 팝송까지 나의 새로운 스타일로 시도해서 편곡하고 싶었다. 그렇게 해서 나는 그런 편곡들로만 이루어진 편곡 앨범을 발매하려는 계획을 세우게 되었다. 이제껏 앨범을 6장 이상 냈지만 이렇게 편곡들로만 이루어진 앨범은 내본 적이 없었다. 물론 편곡은 유튜브 채널에서도 정말 많이 했었지만, 나에게 앨범은 다른 이야기였다. 앨범은 뮤지션에게 있어서 하나의 '작품'이다. 마치 화가의 그림 같은 작품 말이다. 그래서 간이 편곡으로 업로드하는 유튜브 콘텐츠와는 무게감도 다르고 음악적인 농도도 다르다. 같은 곡을 편곡하더라도 앨범으로 발표하는 곡들은 훨씬 공을 들여왔고 내가 언제든지 다른 사람들에게 자랑스럽게 꺼낼 수 있을 만한 그런 앨범을 만들어야만 한다고 생각했다. 그래서 그때부터 편곡 앨범을 준비하기 시작했다.

맨 처음 편곡한 곡은 스티비 원더의 〈Isn't She Lovely〉라는 곡이었다. 곡 자체는 반복되는 멜로디와 코드 진행으로 단조로운 편이지만, 그렇기 때문에 이 곡으로 만들 수 있는 편곡이 무궁무진했다. 실제로 그래서 많은 뮤지션들이 이 곡을 잼이나 즉흥연주를 할 때 많이 연주한다. 곡도 좋고 메인 멜로디도 좋지만, 그 코드 진행을 가지고 각자가 원하는 언어를 각자의 악기로 표현할 수 있기 때문이다. 마치 재즈처럼. 그래서 나는 이 곡을 내가 넣고 싶은 방식의 블루지하고 재지한 솔로를 만들어서 곡의 편곡에 이용했다. 마치 밴드에서 이 곡을 가지고 즉흥 연주를 하듯이 말이다. 그렇게 이 곡을 편곡하고 난 후엔 아카데미에서 배웠던 스탠더드 재즈곡들에 눈길이 갔다. 〈Autumn Leaves〉, 〈Fly Me to The Moon〉, 〈Lullaby of Birdland〉 같은 명곡들을 〈Isn't She Lovely〉와 같은 방식으로 내 색깔을 담아 편곡했다. 그러고 나니 내가 평소에 좋아하던 팝송들도 떠올랐다. 〈Close to You〉와 〈Englishman in New York〉 등을 선곡했는데, 이 곡들은 편곡할 때 중점을 둔 것이 '개성'이다. 본래 원곡의 틀에서 크게 벗어나지 않은 편곡을 해왔는데, 원곡의 틀에서 벗어나면서도 원곡의 느낌을 잘 살리고, 또 나만의 개성을 더하고 싶었다. 그래서 코드 진행도 원곡과는 다르게 바꿔보고 다양한 다이내믹을 표현하면서 곡을 바꿔버렸다. 그리고 이런저런 시도를 하다 보니 내가 추구하는 편곡의 방향성과 내가 앞으로 나아가야 할 길이 보이기 시작했다. 뮤지션들은 생에 음악을 하며 여러 번 음악적인 성향이 바뀌는 경우가 있다. 다른 음악들을 접하며 자신이 좋아하는 음악의 장르가 바뀐다든지, 추구하는 음악의 방향성이 바뀌는 경우가 그렇다. 나는 어쩌면 무의식적으로 그런 것들을 두려워했던 것 같다. 내 음악이 갑자기 바뀌어버리면 내 음악을 원래 들어주던 사람들이 계속 들어줄까? 다른 방향으로 나아가도 내가 잘해낼 수 있을까? 하는 의문이 들었다. 하지만 이 앨범을 작업하면서 알게 되었다. 변화를 두려워하지 말고 나의 신념대로 나아가는 것이 날 위한 길이고 내 음악을 진정으로 사랑하는 사람들은 내가 어떤 음악을 하던 들어줄 것이라고 믿었다. 그런 것들이 두려워서 앞으로 나아가지 않을 수는 없었다.

그래서 이때부터 내가 진정으로 하고 싶어 하는 음악을 하게 되었다. 그 첫 시작이 〈L'Atelier〉였고 확신을 한 것이 바로 〈Mixtape〉이라는 편곡 앨범이었다. 'Mixtape'이라는 제목은, 내가 좋아하는 곡들을 모아 담은 테이프라는 뜻이다. 옛날 카세트테이프가 많이 쓰였을 때, 자신이 좋아하는 곡들을 모음집 Compilation 으로 모아 담은 테이프를 믹스테이프라고 불렀는데, 그런 의미로 이 앨범 제목을 〈Mixtape〉라고 짓게 되었다. 그렇게 많은 고민을 해서 만든 곡들을 가지고 앨범 작업에 들어갔다. 이 〈Mixtape〉 앨범이 또 나에게 큰 의미가 있는 이유가 있다. 이 앨범부터는 내가 혼자 집에서 녹음하기 시작했다. 그전까지는 스튜디오를 빌려서 전문 엔지니어와 함께 녹음을 했다. 하지만 울리와 다른 기타리스트들을 보며 어쿠스틱 기타 한 대로 연주하는 핑거스타일 특성상 혼자 녹음을 해보기에도 전혀 힘든 것이 없을 것 같다는 생각이 들었다. 그리고 그동안 여러 노하우가 쌓이면서 어떤 장비를 사용하는 것이 제일 좋은지 알게 되었고, 그래서 큰돈을 들여 장비를 구입하기도 했다. 유튜브 영상을 만들며 녹음에 대한 노하우도 익혔던 나는 앨범 녹음까지 내가 해봐야겠다고 생각했다.

그렇게 집에서 처음 레코딩을 해봤는데, 예상보다 훨씬 좋은 결과물이 나왔다. 사실 그전 앨범도 그렇고 스튜디오에서 녹음한다고 항상 내가 원하는 사운드와 퀄리티가 나왔던 건 아니다. 문제는 방음이었다. 그때의 집은 방음 공사가 전혀 되어 있지 않은 집이었어서, 외부 소음 때문에 녹음할 때 힘든 점들이 있었다. 그래서 나는 '더 넓은 집으로 이사 가서 집 안에 방음 공사를 히고 스튜디오를 꾸려야지!' 하는 작은 목표를 느다시 세우게 되었다. 하지만 당장은 이룰 수 없는 목표였고, 녹음할 때 바깥 소음이 들려서 다시 녹음을 다시 해야 하는 불상사가 더러 있었다. 그래도 내가 직접 앨범 녹음을 하는 첫 번째 도전을 포기할 수는 없었고, 우여곡절 끝에 가까스로 한 곡, 한 곡 마무리 지었다. 이 앨범 디자인에도 내가 직접 참여했는데, 믹스테이프라는 제목 자체가 가지고 있는 느낌처럼 빈티지하고 레트로한 느낌을 주고 싶었다. 그래서 생각한 것이 폴라로이드였다. 폴라로이드 디자인을 이용해서 사진을 넣었고, 필터를 입혀서 오래된 폴라로이드처럼 만들었다. 앨범 타이틀 역시 직접 매직으로 쓴 것처럼 디자인했다. 이런 세세한 콘셉트 하나하나가 내가 만드는 '앨범'이라는 작품이 되어가는 과정이 되었다.

나는 음반을 그저 내가 원하는 음악만을 연주해서 싣는 CD가 아니라 음악 외적으로도 콘셉트를 명확히 하고 디자인도 그에 맞게 꾸며서 하나의 종합 예술 작품으로 만들고 싶었다. 그래야 팬들이 이 앨범을 샀을 때 내가 표현하고 싶은 바를 더 잘 이해하고, 그런 것들로 인해서 내 음악을 듣는 자세도 달라질 것이라 생각했다. 그래서 〈L'Atelier〉 앨범부터는 내가 모든 것에 관여하게 됐다. 그리고 이는 내가 계속 성장하고 있다는 증거고 내가 올바른 방향으로 나아가고 있다고 말해주는 것 같았다. 그러면서 나도 자연스럽게 내 음악을 더 사랑하게 됐다. 나는 이것이 궁극적으로 모든 뮤지션들이, 다른 업종에 계신 분들도 마찬가지로 추구해야 하는 길이라고 생각한다.

Sting의 〈Englishman in New York〉 커버

내성적인 성격의
극복

나의 MBTI 중 첫 번째 글자는 'I'이다. MBTI란 성격 유형 지표 중 하나로서 내가 내성적(I)이냐, 외향적(E)이냐를 나타내기도 한다. 그리고 나는 이 요소는 대부분 성격이 형성되는 유아기 ~유년기 시절 때 정해진다고 생각한다. 나는 완전히 내성적인 사람이다. 앞서 얘기했듯이 낯선 사람들 앞에서 말을 잘하지 못했고, 처음 만나는 사람들과 있을 때면 항상 어색한 분위기가 감돌곤 했다. 숫기 없는 성격이었던 탓에 학창시절 친구를 사귈 때에도 어려움이 많았다. 기타를 처음 시작하고 나서도 마찬가지였다. 동호회를 비롯한 여러 공연과 행사를 다니면서도 말주변이 없어서 곡 소개도 없이 연주만 했었고, 형, 누나들과 대화도 잘하지 못했다. 그런 내가 어떻게 지금처럼 바뀌게 되었을까? 물론 지금도 나는 내성적이다. 친한 사람들과 대화할 때는 그렇지 않지만, 낯선 사람들을 만났을 때는 말을 하는 쪽이라기보단 듣는 쪽에 가깝다. 하지만 일을 하면서 만나는 수많은 낯선 사람들과 대화할 수 있게 되었고, 공연 때도 능청스러운 멘트를 던져가며 많은 말을 할 수 있게 되었다. 이는 반복된 훈련에 의한 것이라고 생각한다.

그 어떤 버릇이나 성격을 고치기 위해선 뼈를 깎는 노력이 필요하다. 웬만한 노력으로는 고치기 어렵다. 이미 그런 사람으로 성장하고 그런 성격으로 굳어졌기 때문에 많은 사람이 자신이 가진 안 좋은 버릇이나 성격을 바꾸기 어려워한다. "사람은 변하지 않는다"라는 말도 그래서 나온 것이라 생각한다. 하지만 나는 그것이 절대 불가능의 영역이라고는 생각하지 않는다. 이것 역시 끈기와 노력과 연관되어 있다고 생각한다. 한두 번의 시도로 실패했다고 바로 포기해버리는 사람들도 많을 것이다. 내가 그런 사람이 된다면 본인이 고치고 싶은 본인의 모습을 평생 지니고 살게 된다. 몇 번, 몇십 번의 실패를 맛보아도 끊임없이 노력하고 고치려는 마음가짐이 중요하다. 나는 나의 내성적인 성격을 극복하기 위해 집에서 혼잣말을 해가며 말하는 연습을 했었고 책을 읽으며 어휘를 어떻게 구사해야 하는지 연구했다. 그런 노력에도 매번 공연장에만 서면 입이 굳어버리고 말할 때만 되면 떨리기 일쑤였다. 하지만 나는 포기하지 않았다. 나는 이 기타리스트라는 직업으로 평생 살고 싶었고, 그러기 위해선 좋든 싫든 무대 위에 서야 했다. 그렇기 때문에 기타를 연습하는 것만큼이나 말하는 연습도 꾸준하게 했고, 여러 인터뷰를 하고 무대에 서보며 실전에서 말하는 법 또한 자연스럽게 늘게 되었다. 그러더니 나는 어느새 '말하는 것을 좋아하는 사람'이 되어 있었다. 많은 사람이 나 하나만을 주목하는 무대 위에서도, 몇천 명이 보는 유튜브 라이브에서도 자유롭게 소통하고 내 마음을 표현할 수 있게 되었다. 그렇게 많은 사람과 대화하는 것이 즐거워졌다. 어렸을 때의 나를 생각하면 정말 상상도 하지 못할 만큼의 발전을 이루어냈다고 생각한다. 이 글을 읽는 독자 여러분도 끈기와 노력만 있다면 그것이 무엇이 되었든 극복할 수 있다고 나는 확신한다. 내가 그랬던 것처럼. 모든 것은 자신의 마음가짐에 달렸고 포기하지 않는 마음에 달린 것이기에.

내가 가장 중요하게
생각하는 것

　　음악 하면서 알게 된 몇 명의 가수 친구들이 있다. 대표적으로 고등학생 나이 때 처음 만나서 친해진 건 가수 유승우와 악동뮤지션의 이찬혁이다. TV 프로그램인 '슈퍼스타K'가 유명세를 탈 때 통기타를 들고 나오는 사람들이 많아서 나는 그 프로그램을 애청했다. 그중 내 또래인 유승우에게 유달리 관심이 갔다. 그 프로그램이 끝나고 몇 년 후, 나는 페이스북에서 우연히 승우의 계정을 알게 되었고, 친해지고 싶은 마음에 메시지를 보냈다. 그 친구도 기타를 좋아한 만큼 나를 잘 알고 있었고 우리는 이내 약속을 잡아 서울 한 카페에서 만나게 되었다. 우리는 만나자마자 급속도로 친해졌고, 기타 치며 노래도 부르고 평소에 내가 다른 친구들과 함께하지 못했던 교감을 나눴다. 그 이후로도 승우와 만남을 이어나갔다. 그렇게 때때로 청주에 있다가 서울로 올라와서 승우 집에서 자고 갈 때도 많았고 작곡한 곡을 서로에게 들려주며 음악적인 영감을 나누기도 했다.

그러던 어느 날 승우가 악동뮤지션 그룹의 이찬혁이라는 친구를 소개해주었다. 그때는 슈퍼스타K 말고도 여러 오디션 프로그램이 방영하던 시기였는데, 다른 오디션 프로그램 출신이었던 악동뮤지션은 당시 최고로 핫했고 정말 재능 넘치는 듀오였다. 역시 그들한테도 나는 연락해 만났는데 첫날부터 우린 영화를 보러 갔다. 처음 만나자마자 영화부터 본 아주 기묘한 만남이었는데, 그런데도 전혀 어색하지 않았다.

그 이후로 우린 셋이서 많이 놀러 다녔다. 여행을 가기도 했고, 지하철 타고 놀이공원에 가서 놀기도 했다. 그러다 점점 또래 가수 친구들이 하나둘씩 늘어나기 시작했고, 그렇게 우리 모임은 꽤 커졌다. 그저 그런 사적 모임에서 그치는 것이 아니라 우리는 서로 음악 작업에도 많이 참여했고, 함께 노래를 만들며 후에 같이 앨범을 내자는 약속도 하곤 했다. 물론 각자 소속사가 있기 때문에 그것들이 쉽게 이루어질 수는 없겠지만, 가벼운 공연이나 음악 프로그램에서는 꽤 많이 함께했다. 이렇게 서로에게 음악적으로 영감을 주고받는 관계가 많으면 많을수록 좋다고 나는 생각한다. 나 혼자서는 생각하지 못했던 아이디어나 음악들을 새로 알 수 있는 기회가 주어지기도 하고 가끔은 음악 외적인 살아가는 이야기를 하면서 서로의 고민을 털어놓을 수도 있

기 때문이다. 그래서 나는 이들과 함께할 때면 늘 좋은 에너지와
영감을 받는다.

정성하, 유승우, 이찬혁의 〈I Wish〉

　　그런 가수 친구들과의 만남은 내게 또 다른 만남의 기회를
만들어주었다. 어느 날은 찬혁이를 통해서 가수 아이유 님에게
연락이 왔다. 아이유 님이 준비하고 있는 새로운 앨범이 있는
데, 그중 한 곡을 내가 편곡하고 연주로 참여해줬으면 좋겠다는
내용이었다. 양희은 선생님의 〈가을 아침〉이라는 곡이었고, 통
화가 끝나자마자 나는 바로 아이디어가 떠올라 간단하게 녹음해
서 곧장 보내드렸다. 후에 들은 이야기로는 그때 아이유 님이 농
구를 하고 있었는데 편곡이 너무 빨리 와서 놀랐다고 한다. 그렇
게 그 후로 나는 아이유 님과 서로 여러 아이디어를 주고받으며
녹음을 마쳤다. 사실 지금 생각해보면 아쉬운 점이 남는다. 편곡
한다는 게 나의 연주만을 편곡으로 삼는 게 아니라, 보컬까지 아
우른다는 것을 그때는 알지 못했던 것이다. 그래도 다행히 〈가을
아침〉이 선공개 되었을 때의 사람들의 반응은 뜨거웠다. 발매 직
후 차트 1위까지 달성했으니 나로선 신기한 경험이었다. 물론 많

은 것들이 아이유 님 덕분이었지만, 내가 그동안 쌓아올린 것들이 이런 식으로 빛을 보는 순간이 오는구나 하는 생각도 들었다. 이때의 콜라보 작업 이후로도 나는 국카스텐의 하현우 님을 비롯해 함께 영화를 촬영한 윤하 님, 에피톤 프로젝트 등 많은 가수들과 콜라보를 했다. 이때 솔로 악기 연주자로서 다른 가수들과 협업하는 것이 매우 중요하다고 느낀 나는 후에 콜라보 콘텐츠 채널을 만들어서 지속적으로 콜라보를 하게 되었는데, 이는 이때보다 훨씬 나중의 일이다.

지금까지의 이야기만 들어보면 나는 기타와 음악밖에 모르고 다른 취미 활동 없이 일만 한 사람으로 생각될지도 모르겠다. 내가 기타를 치기 시작한 후로 10년이 넘는 시간 동안 쉼 없이 활동했던 것은 맞지만 성인이 되고 나서는 열심히 놀기도 했다. 10대 때의 나는, 너무 어렸을 때부터 학업을 병행하며 일을 했던 터라 내 안에 무언가 결여된 것이 있다고 느꼈다. 그래서 성인이 되기 이전에는 나는 내가 행복한지 모르고 살았었다. 기타를 치는 것은 여전히 좋았지만 그것이 의무가 되어가는 느낌이 나도 모르는 새에 나를 옥죄고 있었고, 그것은 마치 철창 안에 갇힌 새와 같았다. 아마 그런 생활이 계속되었다면, 나는 기타가 싫어졌을 것이고 더 이상 음악을 하지 않으려고 했을지도 모른다. 그런 위험을 스스로 감지했던 것인지 나는 그 생활에서 벗어나려고 온갖 애를 썼었다. 그래서 혼자 서울로 올라오게 되었고 독립

연예인 동료들과 함께

하게 된 것이다. 그렇게 혼자 있게 된 나는 내게 '자유'라는 단어
가 굉장히 중요하다는 것을 느꼈다. 부모님이 그렇게 엄격한 분
들도 아니었는데 나는 무의식중에 내가 감시받고 통제받는다고
생각이 들었던 것 같다. 하지만 그런 것들에서 해방되니 나에게

어쩌면 이 일보다 더 중요한 것이 '자유'라는 생각이 들게 되었다. 내가 원할 때 자고 일어나며, 내가 원할 때 밥을 먹고, 내가 원할 때 일을 하는… 어쩌면 정말 사소하고 작은 것들이 나를 편안하고 행복하게 만들어준 것이다. 그것이 나에게는 자유였고, 자유를 찾은 후의 나는 내가 좋아하는 일을 하며 산다는 것이 행복하다는 것을 그제야 느낄 수 있었다.

앞서 말했듯이 나는 워라밸을 굉장히 중요하게 생각했고, 그렇기 때문에 이런 스트레스를 풀기 위해 일을 할 땐 열심히 하되, 휴식할 때는 또 제대로 쉬었다. 쉴 때는 일에 대한 생각을 아예 하지 않았고 노는 것에만 집중했다. 여행을 가면 주로 여기저기 돌아다니기보다 조용한 곳에서 편안하게 휴식을 취했고, 게임을 하는 날이면 몇 시간이고 앉아서 스트레스가 풀릴 때까지 게임만 했다. 바빠서 못 봤던 드라마를 집에서 하루 종일 몰아서 보기도 했다. 이렇게 신나게 놀았다면 그다음 날엔 또다시 일이 몰려와서 바빠지기 마련이다. 곡 작업이나 공연 활동 등 모든 일을 혼자서 해야 했던 나는 신경 써야 할 것들이 음악적으로도, 일적으로도 너무나도 많았다. 매주 유튜브에 올릴 편곡을 정해야 했고, 1년에 한 장씩 발매하는 앨범에 실을 곡들도 계속 만들어야 했다.

곡 작업을 할 때면 많은 예술가들이 말하는 '창작의 고통'이 주로 내 발목을 잡곤 했다. 이미 어렸을 때부터 많은 창작물을 내왔던 나는 날이 갈수록 아이디어가 고갈되고 있다는 느낌을 지울 수가 없었다. 그도 그럴 것이, 나처럼 매년 정규앨범을 내는 게 일반 뮤지션들에겐 매우 드문 일이다. 나는 그렇게 앨범을 발매하고 그 앨범을 들고 해외 공연을 다니기 위해서 계속 창작을 해왔지만, 일장일단이 있다고 생각한다. 내 머릿속에서 나오는 멜로디들은 짧은 시간 안에 만들어질 수밖에 없어 보이지 않는 한계가 존재했다. 그래서 그런 것들에 대한 고민도 많았다. 항상 이런 고민들이 머릿속에서 떠나질 않았고 심한 경우엔 불면증을 겪기까지 했다.

그래서 〈Mixtape〉 이후로 앨범을 딱 한 장만 더 내고 그다음엔 몇 년간 휴식기를 가지기로 결심했다. 결국 그때 낸 한 장의 앨범조차도 10곡을 채우지 못한 채 8곡으로 발매하게 되었다. 앨범의 제목은 〈Andante〉로 '적당히 느리게'라는 뜻을 가지고 있는 음악 용어인데, 지금까지 숨 가쁘게 달려왔지만 이젠 잠시 천천히 걷고 싶다는 그때의 내 감정을 앨범에 담고 싶었다. 그래서 곡들도 대부분 느린 발라드 곡으로 이루어져 있고, 앨범 자체가 '쉬어간다'는 느낌을 주게 만들었다. 이 앨범은 팬분들에게 호응을 크게 얻지는 않았다. 하지만 자거나 휴식할 때 듣기 좋은 곡들로 구성되어 있기 때문에 화려하진 않아도 깊이가 있는 또 다른 매력이 있다고 생각한다(원래 내가 발라드 곡들을 좋아하기도 한다).

나는 이 〈Andante〉 앨범과 함께 내 10년 활동에 쉼표를 찍을 마지막 해를 보내게 되었다.

대체복무
그리고 휴식

6개월간 유튜브 채널 활동을 지속했지만 공연 활동은 없었기 때문에 나는 모처럼 여유를 즐겼다. 그러면서 조금씩 새로운 곡들도 쓰기 시작했다. 당장 올해에 앨범을 내야 한다는 압박감이 사라졌기 때문인지 좀 더 여유를 가지고 곡을 만들 수 있게 되었다. 모든 곡들은 작곡하는 데 걸리는 시간이 천차만별이다. 어떤 곡은 몇 분 만에 술술 써질 때가 있는 반면, 어떤 곡은 몇 달이 걸리도록 완성하지 못해 안달이 나는 때도 있다. 이제는 시간이 넉넉해지고 여유가 생기니 그렇게 만드는 데 오래 걸리는 곡들도 천천히 더 고민할 수 있게 되었고, 그 덕분에 더 좋은 곡이 탄생할 수 있었다. 또 당장 앨범을 내지 않아도 되니 최대한 많은 곡들을 만들어놓으면서 내가 마음에 드는 곡을 그중에서 선정할 수도 있게 되었다. 마음에 썩 들지 않는 곡을 앨범 곡 수를 채우기 위해 굳이 넣지 않아도 된다는 말이다. 그렇게 곡을 쓰고, 유튜브에 편곡도 매주 올리며 월간 유튜브 라이브도 함께 했는데, 그러다 보니 벌써 6개월이 지나있었다.

4급 공익 판정을 받고서 내가 입영 통지서를 받은 것은 2019년 6월의 어느 날이었다. 밤에 자려고 누운 상태로 스마트폰으로 이메일을 체크하는데 입영 통지서가 와 있었다. 입대일은 7월 말이었고, 통지서를 받은 시점에서 약 한 달이 남은 상태였다. 올해 받을 것이라 예상은 했지만 싱숭생숭한 마음이 들어 쉽사리 잠에 들 수가 없었다. 다음 날 아침, 부모님께도 말씀드리고 남은 한 달을 어떻게 보낼지 계획을 세웠다.

한 달이 금방 지나갔다. 마침내 그날이 왔고, 나는 입소 전날 청주에 내려가 삭발을 하고 다음 날 부모님과 함께 논산으로 향했다. 사진으로만 보던 논산 훈련소의 입구가 보였고, 그곳엔 정말 많은 사람이 있었다. 하나같이 나와 같은 모습을 한 남성들이었다. 차에서 내려 훈련소 입구를 지나 들어가니 긴장되고 어색한 느낌이 들었다. 입소 시간이 되길 기다리면서 친구들에게 전화도 하고 부모님과 이야기를 하며 흥분된 마음을 가라앉혔다. 시간이 되자 나는 부모님께 손인사를 하고 훈련소 안으로 들어갔다. 훈련소 안은 모든 것이 낯선 환경이었다. 서로 알지 못하는 사람들 속에서 나는 철저하게 혼자가 되었고, 이런 느낌은 마치 학창시절 때 학교를 처음 등교할 때와 같았다. 특히 훈련소에서의 첫날밤은 정말 우울했다. 다행히도 내가 속한 분대에 내 나이 또래의 친구들이 많이 있어서 적응하는데 어렵진 않았다.

한달간의 복무를 마치고 나는 나를 데리러 오신 부모님의 차를 타고 서울로 다시 향했다. 수료하고서 사회복무요원으로서 바로 다음 날 첫 출근을 해야 했다. 사회로 나와 얼떨떨한 기분이 아직 가시지도 않은 채 나는 또 다른 낯선 환경으로 향하게 되었다.

내 근무지는 고등학교 행정실이었다. 첫 출근한 나는 함께 일할 행정실 직원 선생님들을 만나고 바로 교장선생님과 면담을 했다.

"사회에서 어떤 일을 하다 오셨죠?"
"기타리스트였습니다. 어릴 때부터 기타를 쳐왔고, 앨범도 내면서 국내와 해외 투어를 하며 공연도 많이 했습니다."

이런 나의 이야기는 교내로 삽시간에 퍼져 나갔다. 교장선생님과 행정실장님께서 특히 굉장히 반가워하셨는데, 일단 내가 2년간 출근할 직장에 좋은 인상을 남긴 것 같아 다행이라고 생각했다. 그 외에도 대부분의 선생님들이 좋으신 분들이어서 나는 하루 이틀 만에 적응하고 별 탈 없이 근무할 수 있게 되었다.

출퇴근하는 일이 처음이었던 나는 다른 직장인들의 고충을 어느 정도는 이해할 수 있게 되었다. 출퇴근조차도 참으로 쉽지 않구나, 개인 활동을 할 수 있다는 게 얼마나 감사한 일인지 새삼 느낀 시간들이었다. 내가 학교에서 한 일은 특별한 것이 없었다. 행정실에 걸려오는 전화를 받고 행정실을 정리 정돈하는 일이 기본적인 업무 루틴이었고, 그 외에는 선생님들의 일을 보조해주는 역할을 많이 맡았다. 그래서 자리에 가만히 앉아있어야 하는 시간이 많았다.

나중에 소집해제할 때는 드디어 끝났다는 생각과 함께 그래도 정들었던 근무지를 떠난다는 마음에 시원섭섭하기도 했다. 그 이후로 1년에 한 번씩은 근무지를 종종 찾아가서 선생님들께 인사하곤 한다. 나는 정이 많아서 그런지 스쳐 지나간 사람이라도 한 명 한 명 잊지 못하고 마음속에 담아 놓는 편이다. 나 또한 그렇다. 누군가가 나를 잊지 않고 내게 연락하고 찾아주면 반갑고 기쁘다. 나도 다른 누군가에게 늘 그런 반가운 사람으로 기억되고 싶다. 그래서 지인이나 팬분들께 늘 다정하게 다가가려고 노력한다. 관계의 소중함을 잘 알기에.

소집해제 이후의
활동

사회복무요원으로 복무하는 기간 동안 코로나19가 터졌다. 어차피 활동을 하지 못하는 시기였기 때문에 크게 개의치 않았었다. 하지만 생각보다 사태가 장기화되었고, 나는 차츰 어떤 걸 하면 이 지루한 시기를 재밌고 의미 있게 지낼 수 있을까 하고 생각했다. 그렇게 해서 생각해낸 게 인터넷 스트리밍이었다.

앞서 말했듯이 나는 내성적인 성격이었다. 하지만 내면의 나는 밖에서 볼 때의 나와 달리 남들에게 주목받는 것을 좋아했다. 그래서 무대를 즐길 수 있고 사람들의 관심과 시선에 부담스러워하지도 않는다. 사람들 앞에 서는 횟수가 늘어남에 따라 나는 자연스럽게 말수가 늘게 되었고, 어느새 말하는 것을 좋아하게 되었다. 그래서 나는 인터넷 방송을 해도 팬분들과 재밌게 소통할 수 있다고 자신했고, 그동안 내가 원치 않게 신비주의 같은 이미지가 된 나에 대한 시선을 바꾸고 싶었다. 내가 즐겨보는 다른 유튜버들이 대부분 친근하고 유머러스한 사람들이라는 것을 느꼈을 때 그런 생각이 들었다. 나도 팬분들에게 그런 친근한 사람이 되고 싶다고 말이다.

그래서 트위치라는 스트리밍 플랫폼으로 계정을 만들었다. 시간이 날 때면 방송을 하기 시작했고, 팬분들과 웃고 떠들며 놀았다. 그때 나는 비로소 내가 원하는 나의 인생이 어떤 모습인지 보이기 시작했다. 남들이 나를 어떻게 평가하고 나에게 어떤 모습을 원하든 나는 살면서 내가 원하는 것들을 모두 해보며 살고 싶다. 내가 시작한 방송으로 바뀐 이미지가 어색하고 싫다는 분들도 분명히 계셨을 테고, 나에게 어떤 틀 안에 있는 뮤지션의 이미지를 바랐던 분들도 좋지 않게 보셨을 것이다. 과거의 나는 그런 부분들 하나하나에 신경을 썼고, 그런 남들이 원하는 정성하가 되려고 했다. 하지만 지금의 나는 모두를 만족시킬 수도 없고, 그럴 필요도 없다는 생각을 많이 한다. 남들이 내 인생을 살아주는 것도 아니고, 내 인생을 책임져주는 것도 아니다. 내가 원하는 대로 산다는 것은 실패해도 탓할 것이 나밖에 없으니 다시 털고 일어날 수 있다. 하지만 남들의 여러 잣대로 휘둘려서 살게 된다면, 실패했을 때 여러 사람들을 탓하게 되고 끝내 나마저 망가져버리게 된다. 그래서 나는 코로나19로 공연을 자유롭게 하지 못하는 요즘에, 그런 부정적인 반응이 있어도 최대한 방

개인 방송 스크린샷

송을 켜서 팬분들과 소통하려고 노력한다. 무의미하게 지나갈

법한 이 시기를 의미 있게 보내는 나만의 노하우다.

인생 제2막의
시작

그 뒤로 겨울 국내 공연도 하고 새로운 해를 맞이했는데, 지금까지 했던 것들 외에 좀 새로운 것을 해보고 싶었다. 누가 나에게 "너는 인생의 목표가 무엇이냐"라고 묻는다면 무엇이라고 대답해야 할까 하고 무척 고민했던 시기가 있었다. 나는 기타를 연주해오면서 정말 기적적이게 많은 사람의 관심을 받았고 과분한 사랑을 받았다. 하지만 나와 같은 노력, 혹은 더 많은 노력을 하는데도 주목을 받지 못하는 연주자가 이 세상에 너무나도 많다. 예나 지금이나 음악 시장의 주류는 보컬, 즉 가사가 있는 노래다. 사람들은 사람의 목소리가 들어간 음악을 대부분 선호했고, 자연스럽게 악기 연주자들은 대부분 그들을 위한 세션이 되었다. 하지만 나는 인스트루멘탈(악기 연주만 있는 음악)이 가지는 매력이 엄청나다고 생각한다. 나 또한 인스트루멘탈리스트다. 그래서 나는 내가 몸담고 있는 이 장르를 보컬 음악 못지않은 위치로 끌어올리고 싶고 많은 사람이 이 음악의 매력을 알아주고 들어줬으면 좋겠다는 생각을 한다.

그래서 나의 목표 중 하나는 '인스트루멘탈의 대중화'이다. 그리고 그것을 내가 나의 연주로 이루어내고 싶다. 지금까지 수많은 곡들을 편곡하며 많은 사람에게 기타의 매력을 들려줬다고 생각하지만 아직 나의 영향력은 너무나도 작다. 나의 목표를 달성하려면 우선 최대한 나를 많은 사람에게 알려서 인스트루멘탈 음악을 듣는 사람들이 많아지는 것이라고 생각한다. 그래서 나는 당장 내가 할 수 있는 것들에 대해 고민을 했다. 물론 내가 유튜브 채널을 운영하고 앨범을 발매하곤 있지만 이 정도의 활동으로는 나 자신을 알리기엔 부족하다고 느껴졌다. 그래서 생각하게 된 것이 '콜라보레이션'이었다. 비록 지금까지 많은 아티스트들과 콜라보를 해왔지만, 나는 주기적으로 콘텐츠를 만드는 게 중요하다는 생각을 했다. 그래서 메인 스트림에 속해 있는 여러 뮤지션들을 섭외하여 어느 정도 기간을 두고 꾸준히 어쿠스틱 버전의 다양한 음악들로 콜라보 콘텐츠를 만든다면, 많은 사람이 기타 음악에, 그리고 내가 속해 있는 핑거스타일 씬에도 관심을 갖게 되지 않을까 생각했다. 그렇게 나는 '정성하의 뮤직카페'라는 이름의 새 유튜브 채널을 개설했고, 바로 콘텐츠 제작을 위해 섭외와 촬영을 하기 시작했다. 다행스럽게도 나와 뜻을 함께할 회사를 만나 내가 직접 해야 할 일들이 상당 부분 줄어들었고, 덕분에 부담 없이 뮤직카페를 시작할 수 있었다. 이 뮤직카페 프로젝트는 아직 시작 단계지만, 앞으로 내가 나아가야 할 방향성을 제시해주는 또 다른 이정표가 되어줄 것이라 믿는다.

〈멀어지다〉(feat. Nell의 김종완)

그리고 다음 앨범 발매를 준비했다. 본격적인 앨범의 콘셉트와 디자인을 생각했고, 곡들의 끝마무리를 하기 시작했다. 아직 제목을 짓지 않은 곡들도 여러 번 연주해보며 제목을 고심하기도 했다. 그렇게 완성된 곡들을 쭉 나열하여 내가 이 앨범을 통해서 말하고자 하는 게 무엇이며, 이 앨범을 들으면서 사람들은 어떤 느낌을 받을지를 생각했다. 나는 항상 사람들이 내 음악을 듣고 마음이 편해졌으면 좋겠다고 느낀다. 실제로 많은 팬분들이 내 음악을 공부할 때나, 잠을 잘 때 많이 들으셨고 주변에서도 내 음악은 편안하다는 말을 자주 들었다. 이번 앨범도 그런 느낌의 곡들이 많았고, 편안함과 평화 속에서 통통 튀는 느낌과 재미를 함께 느낄 수 있으면 좋겠다고 생각했다.

그렇게 떠오른 게 바로 '시'였다. 나는 내 음악이 마치 시와 같다고 생각한다. 나는 내 이야기를 즉흥적이면서 꾸밈없이 음악으로 풀어냈고, 이런 점이 내가 만든 음악들이 시의 느낌과도 많이 닮아 있다고 느낀다. 그런 시들이 모여 하나의 앨범이 된다면 이 앨범은 시집이지 않을까? 그래서 앨범을 시집의 콘셉트로 만들게 되었다. 한번 번뜩 떠오른 이 아이디어 덕분에 앨범 제작이 한결 수월해졌다. 앨범 디자인에 대한 아이디어도 금세 떠올랐는데, 그것 또한 시집에서 영감을 받았다. 본래 나의 앨범들은 정사각형에 가까운 모양이었다. 하지만 이번 앨범은 책과 같은 비율로 만들고 싶었다. 그래서 DVD 비율의 앨범으로 제작하게 되었고, 앨범 표지 또한 많은 책들의 디자인들을 참고해 마치 동화책 같은 느낌의 표지를 구상하게 되었다. 한가운데 일러스트가 삽화로 들어가고, 앨범 제목을 그 위에 책의 제목처럼 넣는 디자인을 말이다. 그런 이미지를 구상하고 나서 나는 내가 원하는 느낌의 일러스트를 그려줄 수 있는 작가를 찾아봤다. 요새는 거의 모든 작가들이 SNS 활동을 하기 때문에 인스타그램의 해시태그 기능을 통해 작가를 물색했고, 그러다가 독일에 있는 한 일러스트 작가를 찾게 되었다. 메시지를 보내 작업 의뢰를 했고, 다행히도 매우 흔쾌히 받아주셔서 그분에게 일러스트를 받게 되었다. 표지를 장식할 그림은 타이틀곡인 〈Dreaming〉에 대한 이야기를 담은 그림으로 했다.

이 곡은 내가 어느 날 꾸었던 꿈에 대한 이야기를 담은 노래인데, 별이 무수히 수 놓인 밤하늘에서 유영을 하는 꿈을 꾼 적이 있다. 그때의 하늘과 바다에서 별이 파도치는 느낌이 너무나도 신비로웠어서 깨어나서도 기억에 남았다. 그래서 그런 느낌을 담아 곡을 썼다. 딱 그 꿈에 대한 이미지를 담은 일러스트를 앨범 표지로 사용하게 되었다. 앨범 뒤에 실은 이미지는, 고래의 이미지인데 그 고래 안에 우주를 담았다. 앨범 수록곡 중에 〈The Ocean〉과 〈Cosmos〉이라는 곡들이 있는데, 이 곡들에 대한 느낌을 살린 것이다. 앨범 안쪽에는 엽서 모양을 한 민들레의 일러스트가 실려 있는데, 이건 내가 나의 팬분들을 위해 작곡한 〈Dandelion(민들레)〉이라는 제목을 가진 곡을 표현한 것이다. 민들레의 꽃말은 '감사하는 마음'이다. 내가 팬분들께 감사하는 마음을 곡으로 선물하고 싶었다. 그렇게 전체적인 앨범의 윤곽이 완성되었다.

이제 남은 것은 곡들의 완성과 녹음이었다. 이번에도 역시 집에서 혼자 녹음을 하고 싶었고, 전보다 더 잘할 자신이 있었기에 스튜디오에 가지 않았다. 녹음은 닷새 동안 진행했고, 거의 하루 종일 시간을 들여 작업했다. 굉장히 습하고 무더운 여름날이었기에 방음 스튜디오 안은 무척 더웠고 녹음 환경상 에어컨이나 선풍기를 틀 수 없어서 땀을 많이 흘리며 녹음했다. 앞으로는 여름엔 절대로 녹음하지 말아야지 하고 다짐하며 5일간의 녹음을 마치고 모니터링을 했다. 그 후 해외에 있는 엔지니어에게

198

믹싱과 마스터링을 부탁했고, 그리하여 나의 정규 9집 앨범이 완성되었다.

이 앨범은 그 어떤 앨범보다 내가 온전히 들어있고 나를 가장 잘 표현한 앨범이다. 내가 하고 싶은 음악이 무엇인지 공백기 동안 여러 고민들을 했고, 그 고민에 대한 결과물이라 할 수 있다. 나를 잘 드러내는 나의 이야기, 나의 시를 담은 시집. 이 앨범의 제목은 〈Poetry〉다.

〈Dreaming〉

앨범을 발매하고 난 뒤 단독 공연을 기획했다. 새로운 공연 연출가와 함께 시작한 공연은, 내가 지난 몇 년 동안 자주 공연해왔던 성신여대에 있는 한 공연장에서 하게 되었다. 나는 앨범을 발매하면 그걸로 끝내는 게 아니라 그 앨범의 수록곡들을 라이브로 연주하며 곡들에 대한 이야기를 풀어낼 수 있는 공연을 하는 것 또한 중요하다고 생각했다. 그래서 관객들이 이 앨범을 온전히 이해하고 느낄 수 있게 셋리스트를 짰고, 그에 얽힌 이야기들을 준비했다. 열심히 준비한 보람을 느낄 만큼 많은 팬분들께서 와주셨고 나도 최선을 다해서 공연을 했다. 사실 나는 공연

때 아무리 힘들고 지쳐도 날 보러 와주신 팬분들에게 보답할 수 있는 것이 이것뿐이라고 생각하기 때문에, 항상 모든 팬분들에게 사인을 해드리고 사진도 찍어드리려 노력한다. 그리고 그런 추억들을 나의 모든 공연 때 남겨드리고 싶다. 이것이 내가 진정 음악을 하는 이유이기도 하다.

미래의 나

나는 '미래의 나는 무엇을 하고 있을까?'라는 생각을 종종 한다. 가끔 쉽지 않은 공연이 있을 때면, '미래의 나는 이 공연을 무사히 마쳤을까?'라는 상상을 하기도 하고 좀 더 먼 미래를 상상하면서는 '10년 후의 나는 아직도 기타와 음악을 사랑하고 있을까?'라는 생각도 한다. 신이 되어 시간을 돌려 미래를 살짝 보고 싶은 마음이 들 때도 수도 없이 많았다. 하지만 그것들이 반복되고 나니 깨닫게 되는 것이 하나 있었다. 미래의 나는 현재의 내가 만들어가는 거라는 것. 이 단순하고도 어찌 보면 당연한 생각을 나는 하지 못했다.

10년 후의 내가 궁금하다면, 내가 바라는 10년 후의 나의 모습이 되기 위해 현재의 내가 노력하면 되는 것이다. 물론 모든 일이 내가 원하는 대로만 흘러가는 것도 아닐뿐더러, 항상 뜻밖의 일들이 펼쳐지는 게 현실이다 보니 수많은 변수가 존재하는 것도 사실이다. 그래도 최대한 내가 원하는 나의 모습에 가깝게는 만들 수 있다고 생각한다. 그리고 그 10년 후의 결과보다 어쩌면 거기까지 가는 과정이 더더욱 중요하다. 내가 원하는 미래의 내가 되지 못할지언정, 그 모습이 되기 위해 노력한 것들은 절대 헛되지 않다. 그리고 분명 다른 형태로 나에게 그 노력에 대한 결실이 맺어질 것이다. 이것이 내가 나의 삶을 대하는 방식이다.

미래의 나에게 '괜찮아. 너 정말 많이 노력했잖아. 다시 일어서면 돼'라고 후회 없이 말할 수 있는 삶. 그리고 그 미래의 내가 대수롭지 않게 실패를 딛고 일어설 수 있는 삶. 그런 마음가짐과 함께라면 나는 앞으로 후회 없을 인생을 살 수 있겠다는 생각이 들었다. 지금도 많은 사람이 미래의 자신을 궁금해하고 엿보고 싶은 마음을 가지고 있을 것이다. 하지만 자신이 그 미래를 원하는 방향으로 만들어 나갈 수도 있다는 생각은 잘하지 못한다. 설령 그것이 현실적으로 어렵더라도 그것을 위해 노력한다는 것 자체가 중요한 것이기에 나는 사람들이 더욱 큰 꿈을 가지고, 큰 목표를 가지고 살아갔으면 좋겠다. "꿈은 되도록 크게 가져라"라는 말이 왜 있는 건지 곰곰이 생각한 결과 도출해낸 나의 생각은 이것이다. 크고 거창한 목표일수록 그에 필요한 더 큰 노력을 하게 될 것이고, 그러면 그것이 무엇이든 그 노력에 상응하는 결과가 따라올 것이다. 미래의 나에게 부끄러움이 없는 삶. 나는 그런 삶을 살기 위해 지금도 발버둥치고 있다.

나의 목표와
앞으로 이루어나갈 꿈

    코로나19와 군 복무 등으로 오랜 공백 기간을 보냈다. 그리고 앨범 발매와 공연을 하기 위해 다시금 기타를 꺼내 들었다. 그 말인즉슨, 나의 활동은 지금부터가 다시 시작이라는 이야기다. 나는 앞으로도 많은 것을 기획하고 준비하면서 팬분들께 더 좋은 음악과 퍼포먼스를 선사할 것이다. 내년엔 더 많은 해외 투어를 다니며 다시 곳곳에 있는 팬분들을 만날 것이다. 또 창작활동도 꾸준히, 지속적으로 하면서 음반을 발표하고 나의 스펙트럼을 더더욱 넓히며 더 새로운 음악을 찾아 나설 것이다. 뮤지션에게 음악이란 종착역이 없는 기차와 같다. 항상 어딘가엔 내가 알지 못한 새로운 것이 있기 마련이고, 내가 더 배워야 하는 것들이 존재한다. 그리고 내가 하고 싶은 음악이 무엇인지 항상 고민해야 하고, 내가 원하는 음악을 할 것인가 아니면 대중들이 원

많은 팬들과 함께한 공연 무대

하는 음악을 할 것인가 그 타협점을 찾는 것 또한 평생의 숙제
다. 나 자신의 정체성을 잃지 않으면서 사람들에게 위로가 되는
음악을 하고 사람들에게 사랑받는 음악을 하는 것. 그것이 내가
앞으로 나아가야 할 길이고 방향이다. 내가 죽기 전까지 내가 원

하는 목표치를 달성할 수 있을지 알 수 없지만 한 명이라도 누군가 내 음악을 들어주는 한 나는 끝없이 나의 이야기를 음악을 통해 표현할 것이다. 사람들에게 정성하라는 아늑한 휴식공간을 만들어줄 것이다. 그리고 내가 나이가 들어 세상을 떠나는 날, 음악 역사 한 페이지에 이름 한번은 새길 수 있는 그런 아티스트로 남고 싶다. 내가 떠난 뒤로도 이따금씩 사람들 입에서 회자되고 몇십, 몇백 년이 지나도 누군가는 들어주는 그런 음악을 하고 싶다. 그리고 그 거창한 목표를 이루기 위해 나는 오늘도 내일도 끊임없이 고민하고 나아갈 것이다. 이 책을 읽는 모든 사람도 한 번뿐인 자신의 인생을 위해 과감히 도전하고 실패에 좌절하지 않고 끝내 자신이 원하는 꿈을 이뤘으면 좋겠다. 내가 행복해지는 길을 찾는 것, 그것이 우리가 평생 풀어나가야 할 숙제이다.

기타리스트 정성하의 꿈을 향한 여정

Dreaming
드리밍

초판 1쇄   2023년 1월 12일

지은이   정성하
펴낸이   최경선
펴낸곳   매경출판㈜
책임편집 서정욱
마케팅   김성현 한동우 장하라
디자인   김보현 김신아

매경출판㈜
등록 2003년 4월 24일(No. 2-3759)
주소 (04557) 서울시 중구 충무로 2 (필동1가) 매일경제 별관 2층 매경출판㈜
홈페이지 www.mkbook.co.kr
전화 02)2000-2634(기획편집) 02)2000-2645(마케팅) 02)2000-2606(구입 문의)
팩스 02)2000-2609   **이메일** publish@mkpublish.co.kr
인쇄 · 제본 ㈜M-print 031)8071-0961
ISBN 979-11-6484-509-5(03810)